悪役令嬢は嫌なので、医務室助手になりました。1

ティルブックス

Character

キャラクター

ェリクス＝オルコット＝ルレアシオン

この国の王太子で、金髪碧眼の麗しい青年。学園に通いながら、王族の執務をこなしている。イケメンで勤勉家、さらに性格も温和なため、令嬢たちからの人気は高いが、警戒心が強く生徒と関わることは少ない。リーリエを気にかけるのも、執務の一環と割り切っている。湖で出会った運命の女性に恋心を募らせる一方で、レイラのことも気になっており……。

レイラ＝ヴィヴィアンヌ

ヴィヴィアンヌ伯爵家長女で、儚げな美少女。年齢以上に大人びた性格をしているのは、前世の記憶があるため。幼い頃に、自分のいる世界は前世でプレイした乙女ゲームの世界であること、そして自分がゲーム内の悪役令嬢であることに気付く。原作ゲームでのバッドエンドを回避するため、医務室助手として学園へ通い始める。

ルナ

レイラと契約している闇の精霊。レイラの良き理解者でもある。黒い狼の姿をしており、普段はレイラの影に身を隠しているが、子犬や人間に姿を変えることができる。

リーリエ＝ジュエルム

原作ゲーム内でフェリクスと結ばれるヒロイン。素直で天真爛漫だが、自由すぎる行動で周囲を振り回すことも……。もともとは平民だったが、あるとき、この世界では珍しい光属性の魔力に目覚め、男爵家の養子となる。

メルヴィン＝ヴィヴィアンヌ

レイラの兄。伯爵家の跡取りとして期待されているが、レイラを溺愛するあまり暴走してしまうことも。シスコンを拗らせた変態。

セオドア＝ヴィヴィアンヌ

レイラの叔父であり、上司。闇属性魔術の研究者として働きながら、医務官の仕事を兼任している。研究バカの変人。

Contents
コンテンツ

プロローグ

乙女ゲームのシナリオが始まる一日前。

つまりは、入学式前日のことである。

私、レイラ＝ヴィヴィアンヌは、完全に気を抜いていた。

学園に入学したら機会がなくなるので、月花草の採取をしていたら、湖にドレスのまま落ちてしまったのだ。

少し草を採取するくらいなら平気でしょう、とたかを括っていた私が迂闊だった。

「た、助けてっ！」

『だから入学式前日くらいは止めておけと言っただろう、ご主人。自業自得だ』

私は助けんぞ、と言わんばかりの態度をしているのは、私と契約している真っ黒い狼の姿をしている精霊のルナ。

名前は可愛らしいが、雄である。

『ご主人は優秀なのに、どこか抜けている。着替えるのが面倒だからと、動きにくいドレスで来るのが間違いだろうに』

「うう……ごもっともです。でもコルセットはしていないもの」

精霊契約をしている以上、命令すればルナは助けてくれるだろうが、ここまで言われると素直に助けを求められない。

私は湖から生える銀の大木に手をつき、とりあえず水を吸って重くなっているドレスやシュミーズを脱いで、「えいっ」とルナがいる草むらへと投げる。

びしょ濡れになった服などをルナは丁寧にキャッチした。

狼の牙は鋭いが、彼は加減が得意らしい。

重い服を脱いでようやく歩けるようになり、ゆっくりと湖の淵へと移動していく。

多少は泳げるので、脱がなくても問題はなかったのだけれど。

『淑女が外で脱ぐのは良くないぞ。私に素直に助けを求めれば良いものを』

「それはそれで悔しいもの」

やれやれと言わんばかりに溜息をついたルナは、湖の中にいた私の前で身を屈(かが)めた。

遠慮なくぎゅっと摑まって地上へと引き上げてもらう。

それに今の時間は深夜である。誰もいるわけがない。

月花草は月に一度、深夜にしか咲かない花である。それにとても希少だ。

引き上げてもらって、脱いだ服を拾おうとしたところで、ふとルナ以外の気配を感じた。

何か視線があるような?

いや、まさかと思いつつ、顔を上げると。

「……っ!?」

金髪碧眼の麗しい美貌を持った青年が二メートル先くらいから、こちらを唖然と見つめていたのである。

「貴女は……？」

あまつさえ話しかけられている。

叫び声を上げなかった私を誰か褒めて欲しい。

生まれたままの姿を殿方の前に晒しているという状況もだが、私は別の意味で戦慄していた。

なぜ、なぜなの？　なぜ、こんな深夜の、人が通ることのない森の中、湖のそばというこの状況で、メインヒーローの彼が目の前にいるのか!?

乙女ゲームのシナリオではこういうシーンは一切ないため、完全にイレギュラーである。

深夜に悲鳴を上げそうになる寸前、狼姿の精霊であるルナが先に動いた。

私の体をもふもふと黒い毛と尻尾で覆い隠すように寄り添ってくれたのだ。

涙目になりつつも、ルナに縋るように顔を毛に埋めて、かのメインヒーロー――王太子であるフェリクス殿下を見上げる。

目と目が合って、何を言いたいのか分からないまま、幼い頃から叩き込まれてきた貴族の仮面を無意識に被る。

内心は大パニックである。

春先の深夜、濡れたままの私は、寒さで震えた声で彼に告げた。

「ダメよ」

王太子が目を見開いた。

「私を見てはダメ……」

なぜ、フェリクス殿下はこちらに釘付けになっているのか。

目を逸(そ)らすなり、何なりしてくれないだろうか。

「どうか、私のことは忘れて。貴方は何も見ていない」

『妖しさ満点だぞ。ご主人』

ちなみに精霊の声は契約者にしか聞こえないはずだ。

フェリクス殿下は、戸惑いの息を零(こぼ)しながら尋ねてくる。

「貴女は誰なの？」

「……」

なぜ、話しかけてくるのか。不審者がいたから関わらないでいようとか思わないのだろうか。

どうかお願いだから去って欲しい。

そして、明日のために早くベッドに入って良質な睡眠を貪(むさぼ)って、深夜の邂逅(かいこう)なんて忘れて欲しい。

数秒間、時が止まったような不思議な空気。

フェリクス殿下の夜の湖のように澄んだ瞳が月光に照らされ、惑(まど)うように揺れた気がした。

「貴女のことをどうか教えてくれる？　貴女の名前を呼びたいと思う哀れな男の願いを叶えてくれるのならば」

照れたように微笑むと同時に、彼の瞳に宿るのは真剣な色味。

少しだけ近付いて来た彼は、ルナの毛皮に埋もれた私と目を合わせるようにしゃがみ、そっと手を差し出した。

自らの格好とこの状況にパニックになりかけるのを必死で隠しながら、誤魔化すように微笑む。

「秘密」

本気でどうしたら良いのだろうか。

恥ずかしさに、もふっと目の前の黒い毛皮に顔を埋めた。

なぜか、夜中に裸で泳いでいるような不審者にこの国の尊いお方が話しかけている。

そんなことがあって良いの？　いやいや、ありえない。

『ご主人、このままだと城に連れて行かれるぞ。良いのか』

良くない！　不審者として通報されるのは嫌すぎる！

真っ青になった私を見て嘆息したルナは、フェリクス殿下に向かって唸り声を上げ、私の前に立ち塞がり、完全にこちらの姿を隠してくれた。

「お前の主人を害することはしないよ。心配しないでくれ」

チラリと見えたルナの金の瞳。何かを問いかける瞳に私は頷いた。

「さようなら」

それだけ言った後、月の光に照らされる湖はルナから発する闇色の光に呑まれていった。

物語が始まる前に出会ってしまった王太子から、私は転移魔法を使って逃げ出したのである。

そして何も収穫のないまま、自室に戻った私はルナからとんでもないことを聞いたのだった。

『先ほどの雄は、どうやらご主人を自らの番と定めたようだ。次に出会う折には発情しているのではないか』

「ちょっと生々しい言い方は止めて！」

つ、つがい⁉　番って何⁉　雄って何⁉

「ちょっと何を言っているのか分からない」

『人間風に言えば、見初めた……あるいは一目惚れ……か？　雄特有の反応が出ていたし、何より――』

「赤裸々なこと言うのは止めて！」

詳しく説明して欲しいわけではない！

「大丈夫よ。……何も問題ないわ。今の出会いは瑣末なことよ。私は入学するけど、生徒ではないのだから」

とりあえず、明日から学園生活が始まるが、彼とはあまり関わることのないであろう場所で行動するのだ。

私はイレギュラーな学園生活を謳歌するのだから！

第一章　盛大な登校拒否

それを思い出したのは、生まれてから七年が経った頃。

ある朝、突然飛び起きた私は、前世の記憶を取り戻していた。

自分が日本人だったことや自分が若くして命を落としたこと。それから、今の世界が乙女ゲームの世界であること。

元々乙女ゲームをプレイした記憶はあまりなく、私がプレイした唯一の乙女ゲームが『鏡合わせの精霊使い～祝福された聖女～』という作品だった。つまり、この世界は、唯一プレイした作品の中であった。

主人公のリーリエ＝ジュエルムは、ある時世にも珍しい光属性の魔力に目覚め、平民から突如男爵家の養子となる。そして、名門であるソレイユ・ルヴァン魔術学園へと入学して、五人の攻略対象と絆を深めていく……という王道な物語だ。

この世界では、魔力に目覚めた貴族子女たちが通うことの出来る学園はソレイユ・ルヴァン魔術学園しかなく、将来の選択肢の幅を広げるなら、この学園の卒業資格が必須と言われている。

まあ、ヒロインは良いとして、物語にはいわゆる悪役令嬢と言われるキャラクターも登場する。

登場するのだが……。

うん。やっぱりこの姿はどう見ても悪役令嬢ではない気がする。

七歳の私は自分の姿を鏡で見つつ、改めてそう思った。

月のような銀色の髪はサラサラと真っ直ぐに伸び、紫水晶のように澄んだ瞳は思慮深く美しい。

そして何より悪役顔ではない。少しつり目だが、幼い頃から意志の強さが垣間見える美貌だ。

レイラ＝ヴィヴィアンヌは、伯爵令嬢。ヒロインのリーリエのライバル的存在として位置付けられているが、悪役らしい部分があまり見受けられないキャラクターだ。

前世のＳＮＳでは、非公式で行われた「真っ当なキャラクター部門」第一位であった。あと、「幸せになって欲しい部門」でも第一位である。

「シナリオが悪いような気が……」

ヒロインを虐めない。嫌味を言わない。まともな諫言を言うくらいである。

ヒロインと対になるよう位置付け、ヒロインもレイラに劣等感を覚える描写を入れておきながら回収しないのはおかしいと思う。

美麗スチルと立ち絵、声優も豪華なのに、空気な悪役令嬢として名を馳せた。序盤に出るのに、後半は色々と理由があって全く登場しないという空気っぷり。

このキャラを作った意味!!

シナリオライターよ、もっと頑張って欲しかった……。

そして私がクソゲーだと思う所以は、一つ。

レイラは王太子の婚約者なのだが、婚約解消をする折になぜか投獄されるのである。脈絡なく、突然。

もう一度言う。

何もしていないのに、投獄されるのである。

ヒロインが婚約解消の原因になったのだが、やはり解消したと言っても、前の婚約者云々と言う貴族がいたりするのだ。そこら辺は、貴族の力関係などが影響しているが割愛しておくとして。

その折に、レイラは何者かに犯罪歴を押し付けられる。

投獄され、レイラが発狂した頃に真実に気付いた王太子とヒロインは、自分たちが原因で起きる理不尽に気付き、二人して責任に苦しむ……とかいうシナリオが盛り込まれている。

そんな世界は間違っている……犠牲になったレイラのことは忘れない……とかなんとか良い話風にまとめてハッピーエンド。

レイラはつまり死にキャラ要員である。

冗談じゃない。そんな未来があってたまるか。

そう決意をしながら鏡を見つめていた私に気付いたのは兄だった。

「どうしたんだい？　レイラ。そんなに自分の姿を見つめて……。ふふ、鏡に映ったレイラと本物のレイラ……。可愛さが二倍だなあ……。分身したら、どうやってお世話しよう……。読み聞かせする時も、レイラ二人に囲まれる幸せと尊み」

にやにやしているが、顔が超絶整っているため、それなりに様になっている。だが、どう考えてもシスコンまっしぐらな発言をしている兄――メルヴィン＝ヴィヴィアンヌ、十五歳。

レイラとお揃いの銀髪と紫水晶の瞳を持つ、美形兄妹。

発言がだいぶアレだが、これでもサブ攻略対象である。

この瞬間から、私の作戦は始まった。

「お兄様！　私、お兄様と結婚したいです！」

「……レイラ！」

この満面の笑み。あからさまな上目遣いに我ながらあざといと思ったが、兄は陥落した。

「なんて嬉しいことを言ってくれるのだろう！　僕もレイラと結婚したい」

抱き上げてクルクルと回す兄の目は本気で、若干引いた。

レイラが悪役令嬢として扱われているのは、兄ルートの難易度が高いためだ。

シスコンだから。

「結婚は好きな人とすると聞きました！　私はお兄様が大好きなのです！」

「ふふ、法律を変えれば結婚出来るかもしれないから期待していて」

ヤバいぞ。この兄。

私の顔は若干青ざめていたのだが、それに兄は気付いているのだろうか。

「お兄様、お兄様！　でも兄妹は結婚出来ないと聞きました！　だから、私はお兄様のそばで執務のお手伝いをするのが将来の夢です！」

「ああ！　難しい言葉を覚えて……！　うん！　それはなんて幸せなのだろう！　そうしたら、僕たちはずっと一緒だね！」

ぎゅうっと抱き締められ、体が痛い。

「はい、お兄様！」

なんだ、この兄妹。

内心ツッコミを入れるもう一人の私の声は冷たい。

なんだ、この茶番。

でも、これは必要なことだ。

王太子と婚約者にならなければ殺されずに済むんじゃない？　と気付いたのだから。

引きこもりブラコン令嬢として、執務の手伝いが出来るくらいに英才教育を施せば完璧なのではないだろうか？

兄はこの通り甘々なので、多少不自然でも無理を押し通してくれる。

そう。兄のルートだけは死亡ルートがないのだ。

身近に救いはあった。

つまり、シスコン変態兄でも私にとっては、救いの神なのだ。

これは学園に入学する一年前のことだ。

私は十四歳になっており、前世の記憶を思い出してからは七年経過していることになる。

「私はソレイユ・ルヴァン魔術学園に通いたくありませんわ！」

家族揃っての朝食タイム。引っ込み思案な私にしては珍しく、はっきりと物申していた。

まず父が反応した。

「何を言っているんだ！　魔力がある貴族子女はだいたいあそこに通っているだろう！」

当然の反論である。

「生徒同士のお付き合いなど怖いだけです……。嫌です……。仲間外れにされて灰色の青春を送るなんて不毛ですわ」

「いやいやいやいや！　妄想が過ぎる！　そもそもソレイユ・ルヴァン魔術学園を卒業することは、今後のお前にも役立つことが……」

「つい先日、卒業資格を取りました！　通信課程ですけれど」

その証拠の書類を出した瞬間、父の顔色が変わった。

「はあ!?　いつの間に!?　確かに、うちの娘は地頭が良いとは思っていたが……まさか。いやいや、卒業資格云々は置いておいてだ！　学園では人と人との繋がりというものがあってだな。通信では学び得ない――」

なんだか長くなりそうなので、耳を塞いだ。

何か言っているのを無視した。

そう。前世の記憶を思い出してから、こっそりと私は動き始め、おおよそ四年ほど前から通信課程をひっそりと受講し始めていたのだ。

実際に入学するまでに間に合うように。だって死にたくないし、生き延びたいし、今世の人生は普通に生きたい。

だから、必要な社交以外は引きこもっていた。

「とにかくだ！　通信だろう？　実技については学べていないだろう⁉」

「試験では実技もありました！」

「いつ通った⁉　そんなの聞いていないぞ！　……まさか」

父の目が私の隣で優雅に朝食をとっている兄に移った。

「ははは、父上。レイラは天才ですから。十分問題ないですよ」

「協力者はお前か！　メルヴィン！」

「レイラは学校に行きたくない。僕はレイラのそばにいたい。これは自然の成り行きだったのですよ」

最初から何もかも知っていたメルヴィンお兄様は私の共犯者だった。

将来は兄妹で領地経営などを頑張っていくと決めているのだ。

「ダメだ！　反対だ！　いくら卒業資格があるとはいえ、それはそれ！　認めないぞ！」

どうやら父は私に学園生活を送らせたいらしい。

「……私、引きこもりですが、穀潰しにはなりませんわ。人とは違うやり方ですが、頑張ってみただけですのに……」

そこまで怒らなくても良いのに……と言わんばかりに涙目で父を見上げる。

我ながらわざとらしい。

「社交もこなしておりますわ……」

攻略対象がいない夜会だけだが。

「ただ学園が怖いだけなのに……。私は分かっているのです……。自分がソレイユ・ルヴァン魔術学園に向いていないと」

「失礼します」と朝食を終わらせた後、その場をゆっくりと離れた。

そして、侍女を下がらせ、中庭に一人きりになる。

私は俯いたまま、ぼやいた。

「同調圧力が過ぎますわ」

父の言うことは間違ってはいないと分かっている。

それでも、父は「周りと同じような経歴でなくてはならない」と囚われているのではないかと感じてしまう。

どんな方法でも道は道なのに……。

前世の自分が顔を出し始めたのを首を振って払った。

今は今。昔は昔なんだから。

前世の記憶を取り戻してから、時間は無駄に出来ないと言わんばかりに勉強に精を出したというのに。

だって。死にたくはない。

誰にも言えないけれど。

はあっと溜息を零した私はふと、視線を上げる。

何かに見られている気がしたからだ。

そしてすぐそばに、黒い毛に覆われた狼が座っているのを見た。

もふもふとした黒の毛は艶やかで、耳はピンと立ち、瞳は金色である。

目が合った瞬間、その狼が持つ理知的な瞳に気付いた。

「貴方、ただの狼じゃないわね」

確信があった。獣なのに、獣ではないオーラに、感じるものがあった。

窺(うかが)うような狼の視線が向けられ、お互いに見つめ合った後、頭の中に直接語りかけられるような声が聞こえた。

『正解だ。中身と外見がチグハグな子どもがいたものだから面白くて、七年前から観察していた』

それは大人の男性のような低い声。

「精霊なの？　もっと早く出てきてくれたら、研究課題に出来たのに」

精霊は同じ属性の人間の前に現れることがあるという。

『闇の精霊を捕まえて面白いことを言う』

「何で、今、出てきたの？」

『なぜって、そなたこの家から出奔しようなどと考えているだろう？　それならば、ついて行こうと思ったまで。気に入った人間を観察するのは楽しい』

いつ精霊に気に入られたのだろうか？

それにしても。

「よく分かったわね。私が家出しようなんて」

『それくらい分かる。本気の目をした人間の目くらい判別出来る』

狼の前足が足の上にぽすっと置かれる。

あ。もふもふしてそう。柔らかそうだなあと眺めていれば、狼の触れた手から何か魔力のようなものが流れ込んできた。

『娘。名前を私にくれないか』

「名前って……え⁉」

それは精霊の契約の儀だ。

『一度くらい人間と契約をしてみたかったのだ。そなたと旅立つのも面白そうだとつねづね思っていた』

これは好機だ。ゲームの中のレイラは精霊と契約などしていない。

少しでもゲームとは違う自分でありたいから、私は躊躇うこともしなかった。

「じゃあ、その金の瞳にちなんで、月。ルナにするわ」

『契約成立だ』

闇色の魔力がふんわりと身を包んだと思ったら、ルナの姿はどこかに消えていた。

「あら？」

白昼夢でも見たのかと思っていたら、慌てたような声。

「レイラ！」

「お兄様」

突然抱き竦められ、呆然としていれば、メルヴィンお兄様はフルフルと震えた。

「父上を説得したよ……」

「え？　納得してくれたのですか？」

「完全な説得ではないけれど、マシな状況になったと思う。僕は不本意だけど……」

あの父の頑なな様子に半ば諦めていたこちらとしては意外だった。

ふいにお兄様が涙を流した。

え？　お兄様？

「今、レイラが家出する気配を感じた。そしてそれを後押しする何かをレイラが得たことも……。僕はそんな予感がしてならない！　レイラが家出してしまうよりはマシなんだ！」

「え？　どういう状況ですの？　それになぜ……」

というか、なぜ、家出しようとしたことがバレているの？

今、考えたばかりだというのに。

私の疑問は顔に出ていたらしく、お兄様はにっこりと微笑んだ。

「なぜ、家出するかもと考えたかって？　それは奇跡なのかもしれないし、勘なのかもしれないし、そうでもないかもしれない……。つまり僕は、レイラの全てを把握してなければ気が済まない男なんだ。レイラの趣味趣向、思想、思考傾向。その全てを研究してきた僕に出来ないことはない」

ちょっと何を言っているのか分からない。

愛が重い。

目が死にそうになる私に気付かないまま、彼は抱き締めながら震えている。

「ああ……絶対に、家出などは許さない。僕からこの家から逃げてしまうくらいなら……それなら母上の案も……」

ブツブツと何やら呟き出したお兄様にどうしたものかと困りかけていれば、天の助けのような声がかけられる。

「メルヴィン。レイラが驚いていますよ。少しは自重しなさい」

「お母様？」

「貴女のお父様に妥協案を提示したわ」

どうやら静かに様子を窺っていたらしいお母様がお父様を宥めてくれたらしい。

「それから、メルヴィン。話が出来ないから離れなさい」

お母様の鋭い視線に、お兄様は離れがたそうにしながらも、私を解放した。

お母様は私を静かな瞳で見ている。

「数年前からの企み……ということは、貴女の中では、ソレイユ・ルヴァン魔術学園に通うことがそれほど苦痛なのね。そんな貴女に無理強いするのは、お互いにとって良くない結果になると思うわ」

お母様は小さく笑うと指を一つ立てた。

「お互いに譲歩しましょう？　お互いがお互いの要求を通そうとしたところで不毛なだけ。レイラは、生徒になりたくないのでしょう。お父様は人の営みについて学ばせたい……それなら一つ提案があります」

母の提案は、予想外のもので。

乙女ゲームのシナリオから大いに外れた形で私は学園に行くことになったのだ。

それならばゲームとは全く違う展開になるということで、私は了承した。

そしていなくなったと思っていたルナが私の影から現れて一言。

『私は、あの兄から離れられるならば何でも良いと思うぞ』

それはちょっと思った。

第二章　シナリオ開始

学園に足を踏み入れる時が来てしまった。

ついに、この時が来てしまった。

正門の前に立っていた私は、すっと道を逸れて、教員用の裏口へと向かう。

そう。教員用である。

身に纏(まと)っているのは、乙女ゲーム特有のデザインをした生徒の制服ではなく、大人しめのワンピースの上に白衣である。

医療従事者に見えたら良いなとは思い白衣を着ているが、本格的な医療従事者ではない。

私のこの学園での肩書きは、あくまでも医務官助手である。

「迷わずに来れたみたいですね」

「あっ、セオドア叔父様！」

医務室の責任者セオドア＝ヴィヴィアンヌは、私の叔父である。

常に敬語で話す美人系の優男で、父とは違い柔らかな気質を持っている気がする。

うちの家系らしく髪は銀髪で、目は紫水晶。

お父様――ウィリアム＝ヴィヴィアンヌの年の離れた末弟で、闇属性魔術の研究をしているのだが、医務官の仕事も兼任している優秀な男である。

セオドア叔父様の魔術の技術はとても素晴らしく、学園がスカウトしたという噂がある。

私が母から提案されたのは、身内であるセオドア叔父様の下で助手を務めるということ。

完全な引きこもりになるよりはマシだと思ったのだろう。

それに、私が何を嫌がっているのか、分かっていそうだったわね。さすがお母様。

普段は楚々としているお母様だが、案外人を見ており、通信課程のことも最初からバレていたのではないかと疑っている。

通信課程の卒業資格は既に持っているが、正式な卒業資格は持っていないため、特別措置を受けつつ再入学。

通信課程の私は実技試験の量も通常よりは足りていないため、実技試験などを裏で受けさせてもらい、同級生が卒業するまで助手を務め上げたら正式な卒業資格が得られるということで私は頷いた。

特別措置を受ける代わりに、学園に入学する前に医療従事者補助の基本資格と、薬草調合資格を取らなくてはならなかった。

一年で出来なければ通常入学と聞いたので、この一年ほど、私は勉強漬けだった。

前世の大学受験でもこれほど勉強しなかったかもしれない。

「レイラは本気だったのですね。ここまでして学園に通いたくなかったのかと思うと、もっと本気で耳を傾ければ良かった」

「私はいつでも本気だわ」

「卒業資格があるとはいえ、実技試験は頑張ってくださいね」

「もちろん！　落第するわけにはいきませんもの」

裏口から医務室へ移動して驚いた。

「思っていたより片付いているわね。叔父様のことだから、書類が雪崩ているものかと」

と言いつつも、書類は大量に重ねられ、整理整頓は出来ていないのだけど。

「これでも掃除しましたので」

本棚は無理やり本が突っ込まれ、変な色をした紙が飛び出ているが、きっと頑張ったのだろうと思う。

「医務官増やせば良いのに」

「嫌です」

即答された。

ちなみに、セオドア叔父様は私のように人見知りで人嫌いで、医務官を他に入れるなら辞めると言い出したお方である。

そんな彼がこんなところで働いているのは、恐らく研究費用がたんまり出るからに違いない。

背に腹はかえられぬということだろう。

「さて、事前に通知はしているから仕事内容は分かっていると思いますが」

「その前にこの部屋の片付けをしても良い？　これはさすがに……」

「そうですね。僕ですと、散らかすばかりなので」

了解を得て、たくさんの書類を纏めながら、ふと私は何かを忘れているような気がした。

「あっ……そうだ。伊達眼鏡……」

鞄の中から取り出した伊達眼鏡を装着して、白衣を羽織り直す。

「うん。これで良し」

『ご主人、仕上げだ』

ついでにルナがこっそりと魔法をかけてくれたのか、この時、眼鏡が少し光った気がした。

王太子――フェリクス＝オルコット＝クレアシオン。深夜の湖で彼に目撃されたため、変装目的で眼鏡を用意した。

世の中には眼鏡姿と素顔のギャップが大きい人っていうのは稀にいるわけで。

「元はといえば、叔父様が月花草が欲しいとか言うから……」

研究馬鹿――失礼、熱心な研究者である叔父様に恩を売ろうとしただけなのに、目撃されるとは非常にまずい事態になった。

とりあえず部屋の中のいらない書類を片付けつつ、時間を忘れた頃になって、外が騒がしいことに気付く。

「誰か、医務官はいる？　朝からすまないが、どうやら、この者が怪我を――」

うん。忘れていた。完全に忘れていた。

気をつけなければと決意した瞬間から、フェリクス殿下の声。

シナリオが始まっている。

麗しい金髪碧眼の王子の後ろには、ピンクブロンドの小柄な女子生徒——リーリエ＝ジュエルム。

つまりヒロインである。

プロローグで、貴族たちの中に溶け込めるか不安になっていたリーリエは、貴族令嬢の進行方向を遮(さえぎ)ってしまうという失敗により、通路に突き飛ばされる。その折に王太子に助け起こされるというのが一応シナリオだったはず。

「さっき医務室の近くで彼女と会ったんだ」

あれ？　助け起こしたわけではないの？　もしかしてここはシナリオ通りではない？

「ところで貴女は生徒？　だいぶ、若いような気が……」

フェリクス殿下は私を見て戸惑っているようだ。

でも、この間出会った不審者だとは気付かれていない。

朗報だ！

だが、私がここにいることには疑問を覚えている。

私たちは同い年。似た年の者が医務室にいて、大人がいないという状況に焦るのは仕方ない。

医務室奥の私室に引きこもった叔父様のせいで。

部屋は荒れ放題だが、患者スペースだけは確保されており、そこかしこに注釈とでも言うべき書き置きがある。

『擦り傷の方はこちらから消毒液など、お取りください』

『湿布は冷却器の中にあります』

『重病者はこのベルを鳴らしてください』

『訪れた方は名簿に学年と名前をお願いします』

うん。完全な引きこもりのアレですね。

これは酷い。義務を果たせと思う。

でも叔父様の作る薬はよく効くし治療の腕も良く、研究者として一流なため、これがまかり通っているのだ。

その叔父様は身内以外とは気軽に話さないし、あんなに優しく穏やかな風貌なのに人嫌い。それを一切表に出さないのだから、それはそれですごいけれど、働こう？　と思う。

私が助手として雇われたのは接客要員みたいなものではないだろうか？

数か月前から、お偉いさんにせっつかれていたようだし。

「ソレイユ・ルヴァン魔術学園医務官助手のレイラ＝ヴィヴィアンヌと申します。この年齢ですが、既に卒業資格を得、医療従事者補助としての資格を保有している歴とした専門家です。叔父様――ヴィヴィアンヌ医務官に御用とあらば、連れて参ります」

自己紹介をしながら、幼い頃に身に付けさせられたカーテシーを披露する。王太子の前に出ても問題ない程度の礼儀作法はとっくに修めている。

初対面のアレが例外なだけで……。

「ヴィヴィアンヌ伯爵家令嬢……？　まさか飛び級制度を利用していたとは……」

ちょっと違うがわざわざ訂正しなくても良いかと、とりあえず笑顔で流した。

「ええと……貴女とどこかで会ったような気がするのだけど……」

「いえ、私は外に出ることはないので、気のせいかと。それよりもそちらの方、どうされました？」

首を傾げているが、私の眼鏡効果は思った以上の効果を発揮している。

『それはそうだ。私が先ほど、ほんの少しの錯視効果を付与したからな。別人になり切ることは出来ないが、一度会っただけの相手を誤魔化すことは出来る』

ルナは私の影の中から鼻だけ出して教えてくれた。ルナは、私の影に潜んでいることが多い。

それにしてもさすがルナ。天才！　なんて気が利くの！　仕上げってそういうことなのね。

別人に見えるくらいの強力な魔道具だと、眼鏡を付けたり外したりする度に姿が変わるというわけなので、それはそれで不便だ。

漫画でよくある眼鏡を外したら別人のよう！　くらいの効果に収まっているようで何よりだ。

憂いが晴れたので、心置きなく怪我人を見ることが出来る。

「片付けたばかりですが、そちらの席にどうぞ！」

「は、はい……」

リーリエ様を座らせ、対面のソファにフェリクス殿下を座らせ、彼女の捻挫に湿布を貼りながらふと、気付く。

ああ……。フェリクス殿下の手当イベントを潰してしまった!!

無意識にシナリオを変えてしまったことに内心冷や汗をかいた。光属性の魔力を持つリーリエという女の子が主人公の物語なのに。

ちなみに、この世界には魔法というものがあり、属性は六つ。

火、水、風、土、光、闇。その中でも光属性の魔力を持つものは非常に少ない。

闇属性の魔術師は、他の属性よりは少なめだが、まあ普通にいる。

光属性の持ち主は強力な治癒魔術を使うことが出来るらしいが、光属性魔力を持つ者自体少ないので、あまり知られていない。

闇属性はイメージ的に恐ろしいと思われがちだが、光属性を除いた属性の中で唯一、治癒魔術を使える属性だ。簡単に言ってしまえば、闇属性は光属性の下位互換のようなものだ。

治癒魔術は使えるのだが、光属性ほど劇的な効果をもたらすわけではない。それでも、自然治癒よりも早いのでこの世界の医療現場では重宝されるけれど。

なので医療従事者は闇属性魔力の持ち主が多い。医療技術は、前世の日本の医療とそう変わりないような気がするけど。

そのため、この世界では闇属性という魔力は厭(いと)われていないのだ。

まあ、叔父様の発明品のおかげで差別も何もかもなくなったようなものだけど。

それでも光属性魔力の持ち主は珍しいため、この世界のヒロインは、ヒロインたる資格を有している。

特別な力を持つ、可愛らしい女の子。そんなリーリエは攻略対象と絆を深めていく。

まず最初は王太子に手当してもらうイベントがあり、それはそれは麗しいスチルと共に描かれたのだが。

医務室に来たリーリエ様に湿布——これももちろん魔術により、回復効果がある——を貼り終わり、このままイベント未履修なのはマズいかなと思っていたら、案の定、フェリクス殿下は戻るようにとリーリエ様を促した。

「そろそろ入学式が始まるようだから、貴女は戻っていた方が良いよ」

「は、はい……」

リーリエは、チラチラとフェリクス殿下を眺めて、少し残念そうにしている。

イベント終了どころか、イベント未履修になるとは！

それに気付かないばかりか、あまり気にしていない素振りのフェリクス殿下は、リーリエ様が部屋を出るのを確認してから、私に話しかけた。

「確か、貴女は私と同い年だったよね。まさかその年からこうして仕事をしているなんて、珍しいね」

何やら興味を持たれたようだ。

深い青をした瞳には好奇心が宿っていて、何やら面白いものを見つけたとでも言わんばかりだ。

普通の令嬢は伴侶を見つけるために夜会へと赴き、学園に通う機会があるのならそれを大いに利用する。飛び級や、通信制度を利用する人は少ない。チャンスが減るから。

そんな中、悪目立ちしてしまうのは仕方ないが、興味を持たれるとは思わなかった。

だって、医務官の助手程度に目を止めるなんて想像だにしていなかったのだから。

医務官の助手程度に！

「私は昨日、ある女性と運命の出会いをしたのだけど、少し貴女と似ているからか、なんとなく気になってしまって」

本人である。

あああああああ。顔に貼り付けた笑みが崩れ落ちそうだ。

「運命の出会い……。その、頑張ってください。遠くから応援しています」

「うん。貴女には打算もなさそうだし、時折話でも聞いてもらおうかな」

待って。どうしてそうなった。

「全く知らない相手になら、逆に色々と話せるような気がするし」

「ええと、私などが殿下のお話し相手になるかどうか……。私よりももっと相応しい相手が……」

私の顔は引き攣っていて、どうやら本気で遠慮しているのが分かったのか、彼は面白そうに微笑んだ。

「うん。打算のない相手ってなかなかいないから、見つけたら友達になることにしているんだ」

王太子たる彼の危機察知能力だろう。自分を不当に利用されないための。

なるほど。彼は様々なところにコネを張り巡らせるタイプと見た。

「殿下。そろそろお時間だと思うので、向かわれたらどうでしょうか。新入生代表ではありませんでしたか？」

「さすが、学校関係者。色々と知っているんだね」

前世の記憶なので、別に誰かから聞いたわけではないが、言うことでもない。

「それじゃあ、またね」

医務室から出て行ったのを見送って、床に崩れ落ちる。

『仲良くしてどうする』

気が付けば隣にいたルナ。

「どう見ても不可抗力だったわよね⁉」

私に非はないはず。

『身元が知れるのも時間の問題かもしれぬな』

「どうしよう……本名を言ってしまった……。ルナ……貴方の姿を見られるのもまずいかも」

属性が違うから、殿下には闇の精霊が見えないかもしれないけど、目撃者の証言が巡り巡って、私が精霊持ちだとバレたら。名前とか覚えられるのも心臓に悪い。

『問題ないぞ、ご主人。姿はいかようにも変えられるからな』

ぱっと振り向けば、雄々しく立派な狼ではなく、可愛らしいもふもふの黒い子犬が隣にお座りしていた。

無意識にその小さなもふもふを抱き上げて胸元に抱き締め、顔を埋めた。

なんという癒しなのだろうか。こんなにも可愛いもふもふを抱き締められるなんて。

『ご主人。乳がまた大きくなったか』

「……」

余計なことを言い出したりさえしなければ。

可愛い風貌のくせに、乳とか言うの本気で止めて欲しい。

「とりあえず、そろそろこちら側も準備の段階だから……叔父様を呼ぶとしよう……」

入学式には学校関係者席にいなければならないので、そろそろ声をかけようと思ったのだが。

ふと顔を上げたら、いつからこの部屋にいたのか、熱意の籠(こも)った叔父様の視線が私――の腕の中にいる子犬に向けられていた。

あ。ペット厳禁よね。

さすがに怒られると思っていたのだが、叔父様の目に怒りの色はなかった。

叔父様は、怒鳴り声を上げずに静かに激怒する人なのだが、どうやら怒りの気配はない。

「レイラ。その……その胸に抱いている子犬は……」

「ええと……」

拾いました？　連れて来ました？　なんと説明しようか。

「精霊……それも闇の精霊ですよね……。その闇の魔力は小さくとも隠すことなど出来ない」

『ほう。私の正体を見破るか。この男、出来る』

「なんと！　口を利けるとは……！　ますます興味深いですね！」

「叔父様。声が聞こえるの？　確か、契約者以外と会話が出来ないのでは……」

うっすらとした知識しかないが、そんな話を聞いたような……？

『保有した魔力の属性が同じ場合は別だ。魔力があり、魔術の才のある者は、姿を目にすることが出来来、声を聞くことも出来る。……ただ、例外もあるがな』

そのような理屈があったらしい。初めて聞く情報なので興味深い。

というか、例外ってなんだろう？　そのことについてルナは特に言及しなかった。

「精霊の契約と意思の疎通にそのような意味合いがあったのですか!?　これは研究をしなければ！　レイラ！　なぜですか!!　なぜ、叔父様にそれを伝えてくれなかったのですか!?　精霊……しかも闇属性とは、やはりこれは神の采配としか思えないというのに！　ああ……レイラ。ずっと……僕のそばにいてくださいね……」

「……」

面倒だったから言わなかったということを、叔父様は理解しているのだろうか。

今にも部屋から参考資料を取りに戻ろうとしている叔父様の腕を掴んで、ニコリと微笑んだ。

「叔父様。入学式よ。仕事の時間よ」

『ご主人の周りの男は変な奴しかいないいな』

「おお！　やはり、精霊契約は主従の関係に近いのですね！　それも術者の方が主で――」

ちなみに、叔父様は恋人いない歴＝年齢である。年は三十手前なのだが、大体の理由がこれだ。

入学式は恙無く行われた……はずだと思いたい。

フェリクス殿下のお言葉は立派だったし、国内有数の音楽家たちのオーケストラは見事だったし、先輩方の魔術披露も素敵だった。

魔力で作られた花びらが舞う様子は美しかった。

学園のホールだけあって、大勢の新入生が入っても余裕のある広く絢爛な空間に、美味しそうなケーキ。ケーキは後で絶対に食べよう。

そんなことを考えていたら、学校関係者挨拶で、私も挨拶をすることになった。

舐められたらどうしようだとか、虐められたらどうしようだとか、変な目でガン見されるのも嫌だなあとかグルグル悩んでいたら、ルナが緊張しないための精神安定魔法をかけてくれた。

精霊万歳！

とりあえず引きこもりボッチ歴が長い私としては頑張った。魔法をかけてもらわなかったら、きっと倒れていたに違いない。

「医務官助手のレイラ＝ヴィヴィアンヌと申します。この年齢ですが、既に卒業資格を得、医療関係者としての資格を保有しておりますので、生徒の皆様方に置かれましては、どうか遠慮なくご相談をしていただければと思います。皆様が有意義な学園生活を送れるように尽力いたしますので、今後ともよろしくお願いします」

割と好意的な拍手でもって迎えられた後、叔父様の番になった。

「セオドア＝ヴィヴィアンヌ医務官です。医務室長でも先生でも好きに呼んでください。よろしくお願いします」

適当すぎる自己紹介に、冷たい目を向けそうになるがグッと堪える。

私は挨拶を頑張って考えてきたというのに、隣の叔父様はこんな適当な挨拶で許されるのだろうか？　色々と言いたいことはあるが、私の立場からは何も言うことはない。

こうして入学式は恙無く終わったのだが、医務室に戻ると、セオドア叔父様は私をパシリとして使い始めた。

図書館の論文資料を持って来いとのことだ。

「叔父様が取りに行けば良いのに」

「嫌です」

どうやら部屋から極力出たくないらしい。私よりも酷い引きこもりを見た。

「本当にレイラを助手に出来て良かった。とても都合の良――信用の出来る人材ですよね」

今、この人、都合の良いとか言った？

「……」

有能でイケメンだから許されているが、なんて酷い上司だ。

とりあえず、逆らっても無意味な気がしたので、大人しく図書室に向かうことにする。

『ご主人。面白いから少し聞いてみろ。今、音声魔法で周囲の声を集めてみる』

「……？」

周囲の声？

何をするつもりかと思いつつ、白衣のまま廊下を歩いていれば、周りの皆がじっとこちらを見つめているのが分かった。

そして、周囲の声が鮮明に聞こえてきたのである。

『レイラ嬢。美人だなあ。しかも飛び級で頭も良いときた』

『この年で働いているなんて、特別な方なのね』

『ヴィヴィアンヌ家は変わっているが、優秀な人材ばかりだからな。納得と言えば納得』

『足が細いなあ！　胸も大きいし』

『お前、どこ見てるんだよ』

『眼鏡の似合う美人に踏まれたい。柔らかいところに指を差し込みたい』

「……」

声を拾うのは良いけれど、取捨選択して欲しかった。酷い会話を聞いた。

死んだ目のまま、図書館へ向かう。廊下を歩くだけでも、図書館に入るだけでも、注目を浴びる。

『論文資料を確認しているぞ。さすが才女』

『貴族令嬢なのに、勿体ないわね。あんなにお綺麗なのに。眼鏡を外してうちのドレスを着せ替えしてみたいわね』

中身はともかく、レイラの見た目は極上なのである。

『憂いを帯びた表情ね。きっと私たちには考えの及ばない崇高なことをお考えなのよ』

私に対する認識の齟齬に頭を抱えたくなっているだけとは、誰も思わないだろう。

一番上の棚にある資料を取ろうと四苦八苦しながら、私の目は死んだ魚のようになっていた。

『ご主人、面白いだろう？　認識の齟齬によって愉快なことになっている。ご主人が飛び級というのも――』

話の途中で彼は影の中に鼻を引っ込めた。

何かと思いきや、身長が足りなくて届かなかった資料に他の手が触れた。

何か既視感があるような……。

「レイラ嬢、先ほどぶりだね。はい。これ」

届かなかった資料を手渡される。

「ありがとうございます、殿下。……この度の新入生代表の挨拶、とても見事でしたわ。身が引き締まる思いでした」

なぜ、彼がここにいるのか。この既視感。

嫌な予感がして堪らなかったが、どうやらその予感は当たったらしい。

「きゃあ！」

近くで可愛らしい声が上がった。

リーリエ様が高いところにある本を取ろうとしてすっ転んだらしい。

イベントをまたもや潰してしまった？

私としては、あまり殿下とは関わりたくないので、婚約者に据えられる前に、殿下とヒロインにフラグが立ってしまえば良いと思っていたのだ。

倒れ込み、周りを見渡すリーリエは、殿下を見つけると期待するような瞳を向けた。

受け身ではあるが、乙女ゲームヒロインの資質として、王子様に憧れる乙女であるらしい。

「殿下。……差し出がましい意見ではありますが、声をおかけになっては？　何か期待されているようですし」

「ええと、他の者も周りにいるし……」

本を取ってくれる者も助け起こしてくれる者も他にいるだろう、と彼は思っているのか、あまり介入しようとしない。

貴方、メインヒーローなのではなくて!?

あまりにも期待の籠った瞳に耐え切れなくなったのだろう。

殿下は、仕方ないと言わんばかりにリーリエの方へ向かって行く。どうやら根が素直らしい。

だが、この時、私は知らなかった。

珍しい光属性の魔力の持ち主が、どんな形であれ王太子に気にかけられたという事実が、周りにどう思われるかを。

ここは現実でゲームではないことを知っているが、深く物事を考えてはいなかったのだ。

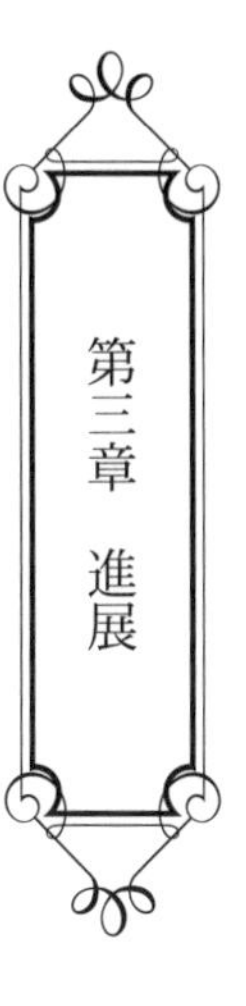

第三章　進展

「今日のノルマは終わり、と」

魔術を使い慣れていない新入生は怪我をしやすいため、魔法回復薬のストックは多めに作らなければならない。そういうわけで、入学式後はひたすら調合である。

入学式の次の日の放課後。よく効くと噂の叔父様の魔法回復薬について、最近は調合方法のコツなどを直々に教えてもらった。

まずは基本的なものを作っているが、それを覚えた瞬間、叔父様は医務室から続く研究室へと籠った。

研究をしたいがために使われている気がするが、まあ普通の学園生活を送るよりはマシ。

医務室に人は来る。よく来るのは、純粋に切り傷や軽傷、気分が悪くなった生徒。

たまに雑談しに来て邪魔だけしてくる人には、早く帰れと言いたいが言えない。

「さて、実技試験対策をしないと……」

戦闘訓練なんてなぜあるのだろうか。別に私は生まれ変わって最強になるつもりはない。

とりあえず、防御膜（プロテクション）の方法を勉強しておく。

前に一度だけ張ったことがあるので問題はないのだけれど。

『ご主人。その魔術を応用するとだな、防御面だけではなく防音効果や偽装も出来るのだ』

「ふむふむ」

応用としてのやり方をルナに細かく教えてもらっている最中だった。

「匿ってくれ！」

「は？」

不躾だったので思わず低い声で威圧してしまった。

突然ドアが開け放たれ、慌てたように駆け込んで来るのは、ある意味見慣れた人物。

「王太子殿下。昨日ぶりですね？」

学園に通常入学しなかったことで、彼との婚約者フラグは早々に叩き折ったはずなのに、顔を合わせることが多いのが不思議だ。

「私を上手く隠すことは出来ない？」

全力疾走して来た彼は、どうやら私に助けを求めているらしい。

保健室的な役割を求められているなら、吝かではない。

保健室の先生は生徒に寄り添うべきだと私は思う。

あくまでも医務官助手なのだが、まあ似たようなものだと思う。

引きこもってはいたが、前世よりは社交も人並みに出来るので問題はない。

好きではないけど。

「じゃあ、実験も兼ねて。殿下はソファの後ろ辺りにお立ちください」

人工魔石結晶のペンダントに力を込めて、一番扱いやすそうな風のエレメントに変換し、防御膜を魔術で形成する。

私は闇属性の魔力持ちだけど、なんとなく闇属性っていうのもあまり知られたくないし。

闇属性も珍しいといえば珍しいので。

人工魔石結晶。六つの属性ごとの石があり、術者の魔力を別の属性に変換する代物だ。

赤い魔石結晶は火属性。青い魔石結晶は水属性といったように、色によって属性が異なる。

赤の魔石結晶を使えば、私のような闇属性持ちも火属性魔法が使える。

元々は天然の魔石結晶にのみ、そのような性質があったのだが、叔父様が人工魔石結晶を創り出してから、魔術界は大きく変わった。

もちろん元来の属性持ちには敵わないけれど、そこは術者の技術と修行でカバー出来る。

そのため、属性による差別もなくなったという。

叔父様を学園が手放したくないのはそれが理由だ。

ソファの横に立った彼の周りに、空気の膜のようなプロテクションを張り巡らせ、先ほどの応用を施す。

音の遮断と偽装ならば、空気の揺らぎを増幅させることで付与しやすくなるだろう。

『おお。実技としては完璧ではないか？　ご主人は筋が良い』

ルナの教え方が上手い。なんというか、イメージが浮かびやすいように指南してくれるのだ。

そして褒めて伸ばすなんて。

「そのままでいてくださいね」

見えたらごめんなさい。たぶん大丈夫だと思うけど、先に謝っておきます。

そして、くるりと振り返ってドアの方へと歩いて行くと、目の前で突然ドアが開かれた。

「きゃあああああ！」

「うわあああああ‼」

ドアを開けた人物も驚いているが、どちらかと言えば私の方が驚いているのだけど⁉

ふと、入室してきた人物を眺める。

え？　何でここに？

癖のある紺色の髪にレモン色の瞳。真新しい制服に身を包んだ青年。

ハロルド＝ダイアー。

伯爵家次男。高名な騎士を輩出しているという名門貴族。攻略対象その二。

堅物騎士という王道なキャラクター。

殿下のそばに昔からお仕えしている幼なじみでもある。

もしかして殿下はこの人から逃げていたの？

「とりあえずお茶でも飲みますか？　落ち着くので」

「た、頼む……」

女子とどう話して良いのか分からないのか、目が合わないし、挙動不審だったが、まあ良いとしよう。

殿下の方を向くと、首を振っていたので、とりあえずこのまま観察させていただくとする。

「どうぞ。冷たいお茶です。疲れの取れる魔法がかかっているそうですよ」

言外に私は作っていないと強調しておく。

「ありがとう。いただく」

お茶を飲んでいる彼を横目に、出しっぱなしだった書類をファイルに閉じる。

そして、彼が落ち着いた頃を見計らって声をかけてみる。

「何かご用でしたか？」

「殿下を、探していて……」

ちなみにハロルド様は普通に問いかけただけでも、目を逸らしてしまうほどの純情少年である。案の定、先ほどから目が合わない。

「……話をしても良いだろうか？」

「どうぞ？」

とりあえずハロルド様が座っている向かい側のソファに座ると、彼は愚痴(ぐち)を零すように話し始める。

「今日はある噂で持ち切りだった……」

「ああ。フェリクス殿下がリーリエ様を気にかけているという噂ですよね。ここにいると生徒さん方がたくさん話していかれます」

「どう思う？」

やけに真剣そうに問いかけられるが、何を聞こうとしているのか分からない。

「どう思うというのは、二人の仲を傍(はた)から見るとどう思うかということですか？」

「そうだ……。これは婚約などを前提にされているのだろうか？　もしそうならば、護衛対象が本格的に増えることになるが……時期尚早なのだろうか？」

「ちらりと私も目にしましたが、リーリエ様はともかくとして、殿下の方は特に深い思いはなさそうだったと思います」

ちらりと近くにいる殿下を見ると、こくこくと頷いていた。

どれだけ否定したいの。このお方は。

「ずいぶんと焦っておられたのはなぜですか？」

「なぜ？　なぜなのだろう？　……その噂を耳にして、それが本当なら殿下は苦労されると思ったのだ。元平民が相手となると色々と大変だろう？　殿下のお相手ならば、不審な者かどうかも確認しなければならない。殿下にはそのような噂が全くなかったので、その噂を聞いたら目の前が真っ白になって……」

「貴方は殿下のことを心配なさっていたのですね。顔がずいぶんと引き攣(つ)っておいでですが、その顔ですと殿下も驚かれますよ」

そして今は顔が怖い。ハロルド様は普通にしていればイケメンなのだけど、余裕がなくなると顔が怖くなるのだ。その勢いでいきなり迫られたら、本能で逃げ出したくなるのも仕方ない。

そういえば、ゲームでも殿下とハロルド様が剣の稽古をするエピソードがあった。

昔からハロルド様は鬼気迫る顔で殿下を追いかけ回し、過酷な修行へ連れて行こうとするものだから、殿下は軽くトラウマになっているという、ほのぼのしたエピソードだ。

フェリクス殿下は必死で逃げるし、追いかけるハロルド様も途中から余裕がなくなるので、彼の顔は時間が経つにつれて恐ろしいことになる。フェリクス殿下は、ハロルド様の顔を怖がっているというより、修行にウンザリしている感じだろうけど。

このエピソードは、ゲームの特典小冊子に限定スチルと共に掲載されていた。

「顔が、怖い？　もしや、だから聞き込みをしても上手くいかなかったのだろうか？」

ハロルド様は時折顔が怖いイケメンだが、根は優しく純情で、そのギャップが良いと前世では人気だった。

この世界のご令嬢の間でも、近寄り難いが精悍な男前だと騒がれている。

ただ、余裕がなくなったり焦ったり緊張したりすればするほど、顔が強ばる。口下手なので、改まって何か質問する時も怖い。それだから、みんな緊張するのだろう。

「とりあえず、これでも被って声をかければ怖くないのではないかしら？」

昨日掃除していて見つけた、ひょっとこみたいな謎の仮面。

ひょっとこなんてこの世界にはないはずだけど、「ひょっとこ仮面」と呼ぼう。

強面イケメン騎士様に、ひょっとこ仮面を進呈するという混沌さに、我ながら何をやっているのだろうと思う。

「とりあえず今、誰かにお声がけするなら落ち着いて、この仮面を着用なされば話を聞いてくれるでしょう」

腹が捩れそうになるけども。

「恩に着る！」

ぱあぁっと明るくなったハロルド様の笑顔は眩しい。

「今は自然に笑えていますよ」

「そ、そうか……。君が怖がらないからかもしれない」

一応、転生した身だ。彼の事情は多少知っている。

「それで、本当にリーリエ嬢とは何もないのだな」

「何もないと思いますよ。昨日の今日で恋が育つなんて、そんなわけないですよ」

「そ、そうだな。常識的に考えてそれはないだろう。すまない。少し焦ってしまった。迷惑をかけた」

「いえいえ。ご武運を」

満足げに去っていった彼を見送った後、防御膜を解いた。

「というわけですから、殿下。あの仮面を付けている時は話を聞いてあげてくださいね」

「あの状態のハロルドと普通に会話が出来るなんて、貴女は猛獣使いか何かなの？」

「いえ、医務官助手です。早く彼のところへ行って話をしてきてください」

早く出て行ってくれと言外に告げれば、なぜか肩をガシッと摑まれる。

「え？」

「私の話も聞いてくれない？」

私はいったい何に巻き込まれているのだろう。

フェリクス殿下の麗しいお顔は、憂いを帯びていた。

どうしてこうなったんだと言わんばかりに悩ましげな彼の様子。

「私は、運命の出会いをしたと言ったよね」

「ええ、そうですね？」

運命の出会いというより、不審者との出会いではないだろうか。

「あの夜は、そう。月だけが湖を照らしていたんだ。そこで女神に出会った。銀色の髪は月に照らされて、紫の瞳は水晶のように澄んでいて、まるで湖のように透き通っていた」

どうしよう。殿下の口から語られると幻想的に聞こえる。

フェリクス殿下は、恍惚（こうこつ）としながらほうっと息を吐いた。

「静謐（せいひつ）な空間で、湖が風に吹かれた微かな水の音以外には、誰も私たちを邪魔する者などいなかったんだ。彼女は今にも消えてしまいそうな声で言うんだ。見てはいけない、と。人ならざる彼女は、私のような愚かな人間が目にしたら消えてしまうのだと思う」

『これは酷い』

そんなの言われなくても分かっている。美化されまくっていて怖いくらいだ。

「彼女は生まれたままの姿で、白く透き通る滑らかな肌を晒していた。恥じらうように狼に身を寄せた彼女は、その狼と話をしているようだった。きっと人間には理解出来ない言語なのだろうね」

『こやつ、ご主人の裸をどこまで見ているのだ。ガン見……というやつではないだろうか』

頭を机にガンガンと打ち付けたくなった。

「それは一昨日のことで、私は一目惚れをしてしまったんだ。あれから彼女を探している。……だから、正直に言うと今の状況は不本意で」

「何かおありで？」

先ほどまでの語り口調には口を挟めなかったが、ようやく具体的な話が出来る。

「私に女っ気が全くないことを貴女は知っているだろうか？」

「ごめんなさい。私、必要最低限しか夜会に顔を出さなかったものでして、実は殿下とお話するのも入学してからなのです。貴方様の噂もあまり知らずにいまして……」

「なるほど、珍しい。……実は、女性とあまり私的な交流をしてこなかったからか、噂になることもなくてね。自分から声をかけることもなかったし」

「リーリエ様にお声がけなさったのは珍しいことだったのですね。それは、申し訳ないことをしました」

あの時、空気を察して不本意そうな殿下を配慮していれば良かったのかもしれない。

「私から話しかけたということで、変な噂が立ってしまっているんだ。婚約者だとか一目惚れ同士だとか。そういうのは困る。私には好きな人がいるのに。いつか政略結婚はしなくてはならないけれど、せめて学園にいる間は猶予期間であって欲しかった」

彼にとっては今だからこそ、噂になって欲しくなかったのかもしれない。

「周りにとやかく言われるのは確かに嫌ですね……。なおさら悪いことをしました」

「レイラ嬢は悪くないよ。……元々、父上からは光属性の魔力の持ち主である光の巫女を気にかけて支えるようにと言い含められていたから、遅かれ早かれこうなったんだと思う」

ふと、原作の彼らを思い浮かべる。

ゲームの中のリーリエは周りに貴公子たちを侍らす形になってはいたけれど、最初の頃は誰と誰が恋人関係だなどという噂は立っていない。フラグを立てる前は少なくとも、皆と仲が良く、攻略対象たちに守られていた。

ちなみに兄も、原作では臨時教師として学園に顔を出す予定ではあったが、叔父様からストップがかかった。

あまりのシスコン暴走気味に「貴方は来なくて良い」とはっきり言われたので、入学式の時点で攻略対象としてはフェードアウト。

領地に送られて、書類の日々だとか。

まさか、シスコンの影響がここまでとは。

なぜ、ゲーム序章ではリーリエと攻略対象の恋愛関係が邪推されていなかったのか？

顎に手を当てて考えて、あることに思い当たる。

そういえば、彼らはリーリエを特別な力を持つ存在だから気にかけているのだと最初から表立って口にしていた。

「最初から公表？」

思わず口に出してしまって慌てて口を押さえる。殿下は唖然とした顔でこちらを見ている。

と思いきや、見る見るうちに目が輝いていく。

「確かに、その情報を秘匿（ひとく）しろとは言われていないし、もし機密事項なら予め（あらかじ）言われているはず……。そうか！　最初から公表してしまえば、腹を探られることもない！」

「確かに、やっかまれて命の危機に晒されるよりはマシかと思いますが」

シナリオ上ではそれで問題はなかったけれど、この世界は現実だ。

大丈夫なの？

「ありがとう！　気が楽になったよ。それで何人かにも協力を頼めば良いかもしれない」

もしや、他の攻略対象だろうか？

この世界は現実のようでいて、奇妙な布石が存在しているような気がする。

乙女ゲームの序盤に至るまでに、もしかしたらこの案を出したのは婚約者のレイラだったのかもしれないし、そうでないかもしれない。

私が言わなくても、他の誰かが提案していたかもしれない。

これは、シナリオ補正？

奇妙な感覚になる私に、殿下は頭を下げる。

「殿下!?　そんなことなさってはいけません！」

「話を聞いてくれてありがとう。気持ちを吐き出したら楽になっただけではなく、今後の方針も決まった。何より、初恋の話が出来るのは貴女だけだから」

「は、はあ……」

私にされてもすごく困る。

それでも彼がさっぱりとした顔で出て行ったのだから、良しとしよう。

話を聞いているだけだが、それで少しでも気持ちが晴れてくれるなら、こちらとしても嬉しい。うん。それで良いや。

『こうして、ご主人は王太子とその騎士を手懐けたのであった。次回へ続く』

「その文芸雑誌の次回予告みたいなの止めてくれない？」

笑えない冗談である。……まあ、このルナの次回予告は不穏だったが、この後の数日間は意外にも、何も問題は起こらなかった。いや、問題は確かになかったのだが、別の問題はあった。

ここ数日、叔父様の姿が見えないという問題である。

部屋に籠っているらしいが、ルナに見てきてもらったところ、よく分からない笑い声が聞こえてきたという。……なんということなの。医務官が仕事していない。

叔父様が職務怠慢すぎて、私は医務官助手ではなく、医務室助手と名乗りたいくらいだ。

研究は大いにけっこうだが、私がいるからって完全に仕事を投げている。

しかし、夕方頃になると美味しいケーキを持って来るのだから、私の扱いが上手い。

許してなんかないんだから。

今日も今日とて、薬剤調合をして、貼り薬の魔力を込めて、医務室だよりを制作する。

こんなの誰が読むのか。誰も読まないなら好きにして良いよね？

叔父様に了承を取ったところ、過激な内容じゃなければ良いと答えが返ってきて、また先ほど、部屋に引きこもった。

それから物音一つしないのだけど、もしかしたらいないのではないだろうか。

「給料が入っているから良いものの、これでタダ働きだったらグレてたわ……」

そして放課後のこと。数日前に煎った豆を使って抽出し、ビーカーでコーヒーを作りながら、私は椅子の上で膝を抱えた。

沸騰させるために火を調節していたら、ドアをコンコンコンと忙しなくノックされた。

「開いてますよー」

とりあえず姿勢を正しつつ、火を止めていれば、入室してきた生徒二人が目を丸くした。

「ご機嫌よう。レイラ嬢。ええと、私の見間違いでなければ、ビーカーでコーヒーを？」

今日も今日とて麗しい金髪碧眼の王子様――フェリクス殿下は、最近よく顔を見せる。

「薬品で中和したので大丈夫なはずです」

酸性とアルカリ性を混ぜて中和した水を飲めるかと言われれば困るが、液体を捨てた後のビーカーなので私は気にしない。

良い子は真似をしてはいけない。

「それは、腹を壊したりしないのだろうか……？」

そしてこちらも常連となった騎士団長候補のハロルド様は、今日も仮面を着用している。ひょっとこの。

それを付けていることによって、真剣な話をする際に怖がられることはなくなったらしい。

隣の殿下は目を向ける度に笑っているけど。

「理論上は問題ありません」

「なんかその台詞、マッドサイエンティストか何かの台詞に聞こえるんだけど」

「まあまあ、お気になさらず。この部屋には薬品がたくさんあるので、万が一腹痛になっても対応出来ますから」

にこやかな私を見て肩を竦めた殿下は、慣れたようにソファに座り、ハロルド様は近くに立ったまま静かに控えた。

「ローズティーを入れてくれないか?」

殿下はつい最近、王室御用達の紅茶をたんまり持ち込んで来た。種類は多岐に渡る。

つまりは自分が飲む用でもあるらしい。

「なぜ、お二人はここを溜まり場にするのでしょうか?」

「ここならピーチクパーチクほざく輩もいないだろう?」

仮面を外したハロルド様の顔は整っている。何をいまさらと言わんばかりなのが解せぬ。

「私たちは昨日の休暇に街へ出たんだけど、とにかく疲れたんだ」

「お疲れ様です。紅茶に疲労回復効果を付与しておきますので」

私が奥で紅茶を入れていると、二人は愚痴を零していく。

「最近、正式にリーリエ嬢と交友を深めることになったのは知ってる？」

殿下が言う通り、ゲームのシナリオのように、ヒロインの周りに攻略対象が集い始めた。

「はい。だいたい五人で行動されていると聞きました。事情が知られてからは、生徒たちも『まあ仕方ない……』といった派閥と、『庶民の癖に』派閥で分かれております。一部の女子はリーリエ嬢に反感を抱いているようなので、嫌がらせの対処を行うべきだと思います」

厄介(やっかい)そうな生徒を挙げてみれば、感心したように見つめられる。

「すごい情報網だね？」

「ここで暇潰しにお話しされていく方がいらっしゃいますので」

「ふむ……諜報(ちょうほう)か……」

ハロルド様。そんなつもりは一切ないのだけれど。

やはり有名な人たちが固まっていると注目を浴びるらしく、昨日だけで二人は疲れているようだ。

ローズティーを二人にお渡しして、自分が先に口にする。

「一応、先に口を付けました。変なものは入ってないですよ」

「あはは。そこまで神経質にならなくても良いよ。お茶入れてるのは見ていたし、そもそも私が持ち込んだものだし」

フェリクス殿下、ここまで気安くて良いのだろうか？

朗らかすぎやしませんか？

とりあえずにこやかに笑っておきながら話を戻す。

「昨日は学園の授業もお休みだったと思うのですが、話の流れですと、リーリエ様と出かけられたのですね。何か変わったことでもございました？」

普段、休みの日は執務をこなしているらしい。

学園に通いながら執務をしているというのだから驚きである。

王太子なので幼い頃から帝王学を始めとした英才教育を施されているはずで、学園の勉学においては、そこまで苦ではないかもしれない。

とはいえ、二足のわらじは苦労するだろうに。

一人で頷いていたら、殿下はポツリと「……変わったことがありすぎた」と呟いた。

どうやらかなり参っているようだ。

「昨日はリーリエ嬢の護衛のために、私たち三人で街へ出たんだ。社交辞令のつもりで、何かして欲しいことはないかと聞いたら、休みに出かけたいとか言うから」

新たな事実。確かにゲームの中の彼らは主人公を気遣ってそんな台詞を言うのだが、社交辞令だったのか。

夢を壊さないでください。いや、まあ気持ちは分かるけど。

ゲーム内では、選択肢によって街へと共に出るキャラクターが変わる。

今回の場合、王道に、王太子と騎士ペアとのお出かけイベントだったらしい。

この辺りはシナリオとしてしっかり進んでいるらしい。現実なので、全てが同じとは限らないけれど。

ハロルドは不服そうに鼻をフン、と鳴らす。

「そして殿下と俺は、彼女を連れて街に出たのだが、色々あって誘拐されたり取り返したり……。それなのに、彼女は帰り際に笑いながら『また行きたい』とかほざくから、イラッとして……」

そういえば、街に出たヒロインは暴漢に襲われ、誘拐されるというイベントが待ち受けていた。

そこで二人はヒロインを守りたいと自覚するはずで……。

いやいや！　そこは可愛らしいヒロインの笑顔に、きゅんとするシーンでしょうが！

誘拐犯を相手にするのは大変だと思うけれども。

とりあえず、同意しておく。

「まあ、確かに守られ方を心得ていない相手ですと、色々と面倒なのは分かります」

護衛がつくことに慣れていないと、無謀な行動、余計な行動を繰り返すことがある。

物語の性質上、彼女が動かないと話が進まないので仕方ないけれど。

ハロルド様の省きすぎて雑になった説明に苦笑しつつも、同情してしまう。

振り回されるのは勘弁（かんべん）して欲しいって思うよね。普通は。

「そうなんだよ。あっちにフラフラ、こっちにフラフラ。見るな、動くな、触るな、目立つなって思ってしまって……私たちは物凄く疲れた。ずっと彼女のそばにいたから、今日はなんだか顔を見るのも疲れちゃって」

「……ああ。本人に悪気がないから余計に気持ちの行き先が分からないってことありますよね」

やり場のない怒りというやつだ。

「そうなんだよ！」

王太子様が勢い込んでいらっしゃる。だいぶ溜まっているんだろうなあ。

前世でのトキメキの裏側を見てしまったのではと戦慄する。

バックヤードで店員が何を言ったところで、客には何も分からないのと同じだ。

「無邪気と傍若無人は紙一重だ」

ハロルド様の世の真理をついたかのような言葉を皮切りに、二人は疲れ切った溜息をついた。

この主従、息がピッタリだ。

それにしても、なぜ、こんなにも彼らは冷めているのだろう。

フェリクス殿下は、リーリエの曇りなき純粋さに癒されるはずだったし、ハロルド様はリーリエが強面顔に怖がらないことを喜んで距離を縮めるはず。

プチハーレムっぽくなっていてもおかしくないのに、彼らはげんなりしている。

リーリエはあんなにも可愛いのに何が不満なのかと、純粋な疑問から尋ねてみる。

「リーリエ様はあんなに可愛らしいし、人懐こくて、明るい方ではありませんか」

「大して仲が良いわけでもないのに、『貴方のことよく分かるわ』とか言われるのも不躾ではないか？　知り合ったばかりで、それはなくないか？」

ハロルド様の意見もごもっともすぎる。だけどゲームでは、リーリエというヒロインはこの世界に愛されている。

この作品、乙女ゲームだけあって、ご都合主義が多いのだ。

そのはずなのに、この白けた空気に混乱してしまった。

どうしよう。関わりたくない。

「事情を知らないので、私からは何かを言うことは出来ませんが、大変な思いをされたのですね。お疲れ様でした」

『完全に他人事だな』

ルナの鼻先だけが癒しだ。もふもふなんだろうなあ。触ったらガブってやられそうだけど。

関わりたくないため、他人ですよーと言わんばかりの台詞を言ってしまった私に、二人が怒ることはなかった。

「俺たちを労ってくれるのか？」

「そういう貴女の一言でなんだか救われる思いだよ」

『思っていたよりも好感度が上がるという。これがご主人の言っていた好感度フラグか？』

見えないし聞こえないからって、横でぽそりと言われると笑いそうになるから止めて欲しい。

「貴女は私たちに共感してくれるんだね」

「君は俺たちに気遣って……」

ごめんなさい。今のは違います。

和やかになった空気の中、棚から出したのは、なぜか数日前に生徒さんに貰った有名店のお菓子の箱。

もちろん、怪しいものではないと示すために未開封である。

疲れた時には甘いものが一番。

「これよろしければ。王室御用達の店のもの、かつ未開封のものなので、安全面では問題ないと思います」

「っ！」

甘いものと聞いて目を輝かせたのは、ハロルド様。

この人、強面ながら甘いもの好き設定なのよね。

「デコレーションケーキなのですが、ちょうど三個入りなので三人で分け合って――」

と言いかけたところで、医務室のドアが開いた。

「……」

「……」

「こんにちは」

現れた人物を見て、挨拶をしたのは私だけだ。

二人の青年が、一瞬真顔になったのを私は見逃さない。

「あー！　二人ともやっと見つけた！」

我らがヒロイン、リーリエ様の登場であった。

王太子である私は、幾重にも仮面を被っている。

皆が理想とする、王太子としてのフェリクス＝オルコット＝クレアシオン――皆に望まれる『私』をただ演じるために。

「きっと、窮屈な思いをしているだろう。父上からもよく言われているんだ。私が出来ることなら、何か言ってね」

この時も、我ながら胡散臭い声だなとか、少し声が甘ったるすぎるかな、と頭の隅で考えていたくらいだ。本当は心から気遣えれば良いのだけど、あいにく、私はそこまで優しくない。

所詮、それは私にとって、ただの社交辞令だった。

完璧な笑み、内心の隙は誰にも悟らせない。

だからリーリエ＝ジュエルムに対しても理想の王太子を演じた。

親切な人間であるとリーリエに思ってもらえるように、王家で手綱を握るために打算ありで微笑んだ。

「父上からもよく言われている」という言葉は、「私個人の気遣いではなく、王家の総意だ」

という意味だった。

「フェリクス様は優しいんだね」

彼女はその真意に気付くことなく、朗らかに笑う。

王家の者に敬語なしで、親しげに話しかけてくるのは、きっとこの娘しかいないだろう。

人工魔石結晶という画期的な魔道具が生まれたとはいえ、光の魔力を持った人間は貴重だ。

治癒魔法を極めれば上級魔術師となることが出来るうえ、そういった素質のある者を王家の血筋に入れたいという派閥もある。

光の魔力を持つ者は希少であり、この国では現在、リーリエのみ。この国でただ一人の魔力適性は、魔術世界において大きな意味をなす。

王家の者に多少無礼を働いたところで、表向きにはお咎めなしなのは、彼女がそれだけ影響力のある存在だということ。

「私、久しぶりに街に行きたいんだけど、ダメかな？」

期待するような目。王太子に好かれるかもしれないという仄かな期待は、年頃の少女特有のものだ。

リーリエは普通の令嬢で、人格的にも問題なく、貴族らしさは欠片もないが善良な類の人間だ。

私が友好を示す意味も深く考えていない。

リーリエが私を好きかといえばそうではなく、そういった恋情よりも憧れの方が強いのだろうけれど。恋物語に憧れるだけの少女に過ぎない。

私は彼女のことをあまり知らない。というより、あまり興味が湧かなかっただけか。

ただ、王家が手綱を握りたい人間の一人。せいぜい、機嫌を取っておけと父は命じていた。

だから、彼女が親しげに声をかけてきても特に何も思わなかった。こちらに害を与えてこなければ別に良い。

「外は危険だから、あまりおすすめはしないけれど」

王家にも魔術師にも注目されている彼女の身は、彼女自身が思っているほど安全ではない。

その危険を考えると出かけたくなかったが、私が言い出したことだ。社交辞令を本気にされると思っていなかった自分が悪かった。

「きっと、フェリクス様が守ってくれるって信じてる」

その信頼は素直で、含みのないものだけれど、信頼されることに特に何の感慨もなかった。

ああ、面倒だな。信頼の扱いほど、面倒なものはない。相手に期待すればするほど、無意識に虚構を生み出していく。

期待外れ。失望。王族は民にそう思わせないように努力する。

「どうしたの？　そんなに思い詰めた顔をして……。私は何も出来ないかもしれないけれど、話を聞くことは出来るよ。少しでも気晴らしになったら良いな」

まだ知り合って間もない相手に何か言えるわけがない。だけど、何か言わないと。

こちらが心を開いていないと思われたら懐柔できない。そう思った私は無意識に笑みを浮かべていた。

「ただ、毎日の執務に辟易しているだけだよ。執務仕事は疲れるから」

嘘ではない。

「何かあったの？」

少し面倒になってしまい、お願いだから何も聞かないでくれと、ふいに思った。本来の私は頑なで、警戒心が強いし、本当に信用出来る者は数えるくらいしかいない。

要するに、心を許したフリをするのは疲れる。

……悩みを打ち明けて、アドバイスをしてくれたならば、それ相応に喜んだ演技をしなければならないから。貴女のおかげで助かったのだ、と。反応が芳しくなければ、人は失望する。

私では貴方の心を癒してあげられなかった、と。だから気を許したフリをして、私は誰にも分かりやすく笑う。

ふと頭に浮かんだのは医務室にいる彼女。

最初は、打算や期待の目をしていない彼女の凪いだ目を見て、気になっただけだった。

知らない相手になら話せることもあるだろうと気まぐれを起こしただけ。

しかし、話していくうちに気付いた。

彼女が聞き上手なこと。達観したような独特な空気に、自分がとても安心していること。

自然と口が緩んでしまうのが不思議だ。彼女なら話を聞いてくれそうだと根拠なしに思う。

王族である私相手に過剰な期待をせず、何かを求めようとしないところも気に入っていた。

『フェリクスの信用』を求めて勝手に失望することもない。

打算もなさそうだし、友人になりたい旨を伝えたが、彼女は事実をそのまま受け止めた。

何を言っているのか分からないという顔はしていたが、『王太子なりに色々と考えがあるのだろう』と何かに納得したのか、深く追求することもなくそのまま受け止めた。

彼女は基本的に受け身だったけど、実はグイグイ来られるのが苦手な私は彼女の控えめな性格にとても安心したんだ。

彼女の独特な雰囲気は、月の光のように静かな輝きだ。確かに明るさを感じているのに、目を眩ませない。

夜中に出会った月の女神についても口にしてしまった。一目惚れしたなどと、あまり公に知られるのは不都合だ、と私の冷静な部分は言っていたけれど、つい話してしまった。

やはり、彼女の独特な雰囲気が理由なのかもしれない。

あのハロルドも気を許しているのだから本当にすごい。怖がられずに普通に話が出来る相手は、ハロルドにとってても貴重なんだろうな。

私もハロルドも最近は二人して、彼女のいる医務室を溜まり場にしている節があるくらいだ。

……思い出していたら、無性に彼女に会いたくなった。

自分と同い年だというのに、大人の女性のような老成した雰囲気を持つ彼女に。

目の前のリーリエに微笑みつつ、私はレイラ嬢の控えめな微笑みを思い出していた。

「ここにいたんだね！　二人とも」

ピンクブロンドの少女は、殿下とハロルド様を目にして、彼らのそばに駆け寄った。

「っ……」

軽く肩がぶつかったが、どうやらリーリエ様は気にしていないらしい。

私は気にしないけれど、これを公爵令嬢相手にやったら危険だと思う。

そして私のことは目に入ったはずだが、あまり気にしていないのか、目を合わせることはない。

「まあ、少し用事があってね」

殿下は先ほどまで愚痴を言っていた相手が目の前にいるからか、少し気まずそうにしている。

「勉強を教えてもらおうと思っていたのに」

「殿下は、執務などでお忙しい。別の者に頼むことをおすすめする」

ハロルド様は言いにくそうな殿下に代わってきっぱり断った。

「あ、でも今は休憩なんだよね？」

そして、チラリと私を見たリーリエ様は、私の持つ有名菓子店の箱を見て目を輝かせる。

「良いなあ！　王室御用達のお菓子！」

目をキラキラさせた少女は、何かを期待するようにチラリと私を見る。そしてようやく気付いたように話しかけてきた。

「あっ。挨拶遅れてた。私はリーリエ。よろしくね」

「あ、はい。よろしくお願いします。ジュエルム様……ですよね。お話はかねがね」

「やっぱり私のこと知っていたんだね。よろしくね！　堅苦しいからリーリエで良いよ。同い年くらいじゃない」

「ではリーリエ様と」

陰（かげ）りのない笑顔は裏表などなさそう。可愛らしい仕草だし、揺れるのは綺麗なピンクブロンド。初対面にしてはフレンドリーすぎて、私は内心慄（おのの）いていたけれども。

人の顔を窺うような癖がついているからかな。

リーリエ様はこう、向かうところ敵なしって感じがする。さすがヒロイン。

「……ねえ、そこにあるのって」

「……？　ああ」

有名菓子店のデコレーションケーキに目がチラチラと。

「召し上がりますか？」

「良いんですか？　ありがとうございます！　ちょうど三つあるし、二人も食べない？」

「え？」

「は？」

男性陣二人の反応は芳しくない。

こちらを気にする素振りからして、私に悪いとでも考えているのだろう。

まあ、確かに甘い物に目がないとはいえ、リーリエ様は正直すぎたかも？

空気が固まるのも嫌なので、私は努めて明るい声で言った。

「私のことはお気になさらず。よろしければ、皆さん方でどうぞ」

「良いの？」

私はこの間、お兄様に大量のプリンを送られたので、それを一日ずつ食べていこうと思う。

メルヴィンお兄様のカロリー攻撃は昔からなので慣れているし、数年前にカロリーを抑える魔法薬を開発した。見た目がおどろおどろしいので、門外不出だけど。

「レイラ嬢……」

お気になさらずとも良いのに。

殿下はこちらをかなり気にしていたようなので、仕方ないから私はプリンを出して、皆様方のお皿やフォークを用意する。

「その、すまない……。よければ俺のを」

「私もプリンを食べるのでお気になさらず。私の兄のカロリー攻撃があるので、消費していただけると助かります」

ハロルド様は甘いもの好きなはずなのに、遠慮して譲ってくれようとしている。

なんだろう。この微妙な空気。リーリエ様は気に留めてないけど、男性陣が何かを言いたげに彼女を見ていた。私はそこまで気にしていないのに。

「あっ。これ、すごく美味しい！　デコレーション部分も美味しいし、何より可愛い！」

草花をモチーフにした淡いデコレーション部分もきちんと美味しいと話題の品らしい。

「……っ！」

ハロルド様はその美味しさに幸せそうな顔をしつつ、ハッとしたようにこちらを眺めたりしている。幸せと罪悪感の間を彷徨(さまよ)っているらしい。

こちらにトコトコ近付き、ケーキの一口分を切り分けたフォークを差し出してくる。

え？　どういう状況？　いわゆる『あーん』というものである。子どもでもあるまいし。

「食べるか？」

「え、いらないですけど」

素の声が出た。

「……そうか」

すごすごと引き下がる彼だけど、そういうことを平然としてくる辺り、天然だなあと思う。

私はプリンを口に入れ、その滑らかな甘さが脳内まで広がっていく心地にうっとりとした。

お兄様の選ぶお菓子は美味しいなあ。

うちのお兄様は高級店だけではなく、市井のクチコミで有名な知る人ぞ知る名店などにも詳しく、一見さんお断りの店などから購入してくることもある。

私を喜ばせようとスイーツ発見機と化している。

そういえば、今朝お兄様から来ていた手紙を開けるのを忘れてた。後で確認しておこう。

「レイラさん。そのプリンは？」

どうやら甘いものが好きらしく、リーリエ様は話しかけてきた。

「ああ……これは……」

まだ残っていたと伝える前に、フェリクス殿下が窘める。

「リーリエ嬢。さすがにこれ以上は無礼だよ。もうそのケーキもご馳走してもらっているのだから。それと、レイラ嬢は許してくれているみたいだが、彼女は伯爵令嬢なんだ。あまり失礼を働いてはいけない」

「え？　ごめんなさい。……でもそこまで言われるほど、失礼なことは……」

リーリエ様は貴族社会に疎いらしい。後半ごにょごにょとしていたが、殿下を見て黙った。

こういうのは見ず知らずの私が言うよりも、親交ある人からのアドバイスの方が良いだろう。

それに、私も余計なことを言ってシナリオに巻き込まれたくないもの。

「私たちの場合は、堅くならず楽にしてくれとこちらから言い出したのだから良いとして、彼女は何も言っていないのだから、距離感を間違えないように」

なんだろう。フェリクス殿下が、おかんに見えてくる。

横でうんうんと頷いているハロルド様は、おとんだろうか？

原作とはまた違った関係性になっていることは分かった。

二人の好感度はどう見てもあまり上がっていない。

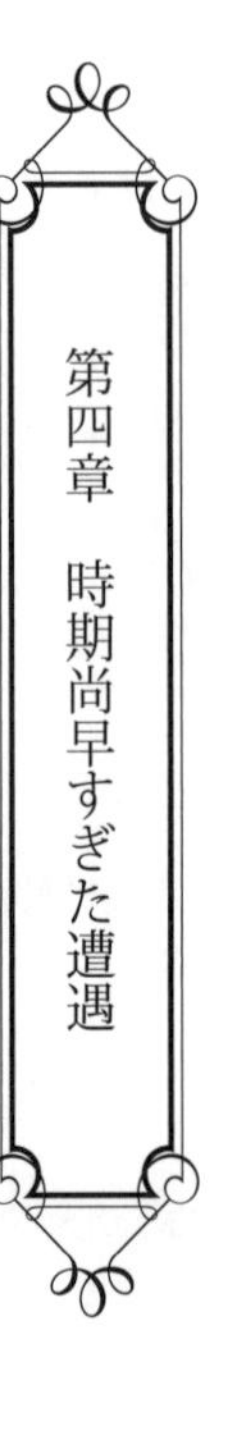

第四章　時期尚早すぎた遭遇

陰りのない笑顔で帰るリーリエ様。申し訳なさそうな顔で帰るフェリクス殿下と、相変わらず無表情のハロルド様。

三人を見送った後、片付けをして、お兄様からの手紙を読もうと何気なく開いた。

『迎えに行くよ』

白い封筒に白い便箋、その一言だけが中央に書いてある。

「怖っ！」

『いつも言っているだろうに。あの兄から離れなければ、ご主人は酷い目に遭うと』

「いや、でもまさか……。迎えに行くよって何なのかしら？　え？　いつ来るの？　今日来るの？」

『とりあえず、ご主人の叔父にでも確認したらどうだ？　私室に籠っているだろう』

「そうね……」

もしかしたら何か聞いているかもしれないとの希望的観測で、ドアをノックして声をかける。

「叔父様。今良いかしら？　少し聞きたいことがあって」

『反応がないな？』

中からは物音がしない。いつの間にか外出したのだろうかと恐る恐るドアを開けると、中にいた人物と目が合った。

「手紙の通り、迎えに来たよ」

「いやあああああ！」

『ぎゃあああああ！！』

私の悲鳴とルナの悲鳴が重なった。

なぜって？　そこにいたのは正真正銘、私の兄の、メルヴィン＝ヴィヴィアンヌ伯爵令息その人だったからである。

震える私に近付くと、頰にちゅっと唇が触れた。

「怯えるレイラも可愛いなあ。この顔を見たいがために、学園に忍び込んだ甲斐があった。久しぶり！　元気にしていた？」

「お兄様！　悪趣味です！　私を怖がらせてどうするおつもりで⁉」

「怯えているレイラはね、涙目になりそうなのを無意識に堪えようとして、眉間に皺を寄せるのだけど、それがまた可愛いんだ。今日も可愛い」

抱き締められて、会いたかったと何度も言われる。

お兄様は幼い頃から私に優しくて、すごく良くしてくれるけど、たまに色々な意味で怖いので気が抜けない。

結果、いつ頃からか敬語で話すようになった。

物心つく前に積極的に遊んでくれたのは、セオドア叔父様とメルヴィンお兄様なのだ。

だからお兄様のことは大好きだし、信用もしているし、心を許せる兄ではあるのだけど。

「僕以外にレイラを怖がらせる者がいたなら、絶対に許さない。可愛いレイラの表情は僕だけのものだ」

こういう発言をするので、やはり怖い。ドン引きしたような目を向けてしまいたくなるのも仕方ない。

何言ってんの？　と言わんばかりの目を向けてしまうと、それはそれで問題が出てくるのでしないけど。

「それより、先ほどの男たちは誰だい？」

お兄様の目のハイライトが消えている。

人を一人殺してきたみたいな顔をするのは本気で止めて欲しい。

こういうことをするから、叔父様に来るなと言われるのでは？

「お兄様。女の子もいました」

「いたかもしれない。だから何？」

「ご懸念されるような事実はありません……」

「ダメなんだ。君の可愛らしさは眼鏡ごときじゃ阻めない！　もし、殿下とその騎士が君に惚れてしまったらどうするんだ！」

痛い！　痛い！　痛い！

抱き締める力がどんどん増していき、窒息しそうだ！

「ないです！　ないですって！　殿下には一目惚れした相手が！　いるので！」

『相手はご主人だがな』

ルナは余計なことを言うのが好きらしい。そんなことは良いから、早く離して欲しい！　助けて欲しい！

「こらこらこら。さすがに目に余りますよ。メルヴィン」

目の端で紫色の光が現れたと思えば、気が付けば白衣姿の叔父様の腕の中にいた。

「叔父様！　助かったわ！」

歓喜の声を上げる私。

お兄様は床に座り込み、紫色の透明な鎖で拘束されていた。

「叔父上！　僕のレイラとそんなに親しげに……！　いくら貴方でも許せません。僕にはまだ敬語が取れていないのに」

叔父様は辟易しているといったように、頭を押さえている。

「はぁ……。今まで誰も口にしてこなかったことですが、ハッキリと言います。貴方の愛があまりにも重いから、レイラは萎縮しているのでしょう」

さらに追撃のようにこの一言。

「貴方のそれは病的です」

言った。ついに言ってしまった。

呆然としていたお兄様だったけれど、ハッと何かに気付いたように独り言を続けた。

「そうか……僕の愛は重かったのか。レイラのせいで病気になるのなら、それも本望。……この鎖のように重い愛が、レイラの体を縛る……。もしくは、愛の鳥籠に閉じ込められ自由に飛翔出来ない美しい声を持つカナリア……。ああ、愛とは……、ふふふ、綺麗は汚い。汚いは綺麗」

「叔父様。余計に悪化したわ」

「申し訳ございません。言わなければ良かったと後悔しました。……まあ、貴女にはあの子がいるから大丈夫でしょう」

あの子とはルナのことだろうけど、叔父様。

精霊のことを口にした瞬間、幸せな顔をするのは相変わらずだ。ブレない。

とりあえず、この危険なお兄様モードをどうにかしなければ。

「お兄様！　今は夕方ですが、せっかくお会い出来たのですから！　兄妹水入らずで！　街をデートしましょう？　この街に来た時、真っ先にお兄様と色々回りたいと思いましたの！」

ここまで言っておけば問題ないだろう。メルヴィンお兄様は、チョロい。

その言葉を聞いた瞬間、まるで浄化でもされたかのように、天使を思わせるような無垢（むく）で純粋で穢（けが）れなき……といったような輝く笑みを浮かべた。

眩しくて目を逸らしてしまいそうなくらい。

「そうか！　レイラのご所望とあらば、エスコートをしなければね。ふふ、僕とレイラが二人で街……。僕ら以上にお似合いなカップルはいないだろうね」

なんかもう何でも良くなってきた。

そんなわけで、お兄様と街中をデートすることになった。

お出かけ。その事実だけでお兄様は魔王のようなオーラを引っ込めてくれるのだから、なんというか我が兄ながらシスコンすぎる。

傍から見たら、私もブラコンに見えるだろうなあ。心外すぎる。

とりあえずお兄様のご要望で、眼鏡を外し、久しぶりにめかし込むことにした。

でも眼鏡は念のため持ち歩くことにしようかな。何かあるとは思わないけど念のため。

『兄と二人きりか……。難儀(なんぎ)なものだ……。私はご主人を陰ながら守るとしよう』

お兄様と出かけるために着替えていれば、いつものように私の影に溶け込んでいるルナが、鼻先だけ出してそんなことを言った。

ルナはお兄様をかなり警戒しているらしい。

「守るって……。一応身内なんだけどなあ。……そういえばいつも思ってたんだけど、なぜ鼻先だけ出してるの？　可愛いから良いけど」

『もし見えるものがいたら厄介だから姿をなるべく隠すようにしている。鼻だけなら見つけにくいし、ご主人に声をかける時も闇属性がいない時を見計らっているぞ。私は健気(けなげ)だろう？』

精霊は基本、契約者にしか見えないし感じ取れないが、同じ属性の者の場合、魔力量や熟練度などにより精霊の声や姿を感じることが出来る。叔父様などが良い例だ。前にルナが教えてくれたっけ。

「お兄様は土属性だから、それはないと思うんだけど」

『まあ、念のためだ。例外もあるからな。属性が違う場合であっても、だ』

例外？　例外ってなんだろう？

何かを見落としているような気がしたが、よく分からない。

「なるほど？」

なので、とりあえず納得しておくことにした。

だいたい服を着替え終えたところで、何の伺いもなくドアがバタンと開いた。

「レイラ！　ちょうど着替え終わった頃だよね！」

「きゃあ！　お兄様、せめてノックはしてください！　着替えていたらどうするのです！」

「大丈夫。レイラが着替えるタイミングは分かっているからね。レイラが靴下を脱ぐタイミングから、白衣を脱ぐタイミング、その呼吸の一つ一つも全て――」

変態だ！

『やはり、こやつが一番危ないのではないか？　いまさらながら、出かけるのは止めた方が……』

心なしかルナの声が震えている気がした。

「さあ、行こう！」

むんずと手を掴まれてしまったらもう逃げられない。

あっという間に馬車に乗せられ、気が付けば街中にいた。

「ここが王都！　ふふ、この日のために仕事を詰めてきた甲斐(かい)があった！」

「そういえばお兄様。領地から出ていても良いのですか？」

メルヴィンお兄様は、そっと私から目を逸らす。その行動に私は全てを悟った。

「無断外出なのですね……」

「いやいや！　この外出は僕にとってとても有意義なものなんだ！　レイラ成分が足りなければ僕は生きていけない！　君の写真だけではそろそろ限界なんだ」

『まずこの男をどうにかした方が良い気がする』

影の中からいつも鼻先だけ出しているルナだったが、今回は鼻先すら出さずに影の中から呟いていた。ルナから怯えの気配を感じる。

闇の精霊を怯えさせるお兄様って……。

でもお兄様の見た目は極上のため、街中の女性たちがお兄様を見て、うっとりとしている。

本性はアレだが、そんな事実は皆知らない。

「レイラは可愛いものが好きだろう？　最近この辺りで話題の女性向け雑貨屋があってね。そこではオリジナルアクセサリーに名前を入れてもらえるそうだよ」

「あっ……」

ゲームシナリオで生誕祭のデートの際に、お揃(そろ)いの指輪を作るというイベントがあったのを思い出す。その反応に、お兄様はにっこりと笑った。

「ぜひ、僕とレイラでお揃いの指輪を……」

「私は！　ペンダントが欲しいですわ！」

兄よ。それを妹相手にするのは止めてくれ。切実に。指輪をペアにするのは恋人同士では普通だけど、兄妹では聞かない。

「そうか、残念。ならば僕もお揃いのペンダントを……」

「お揃いの羽根ペンと日記帳を買いましょう！」

せめて文房具にして欲しい。半ば叫ぶようだったが、なぜかお兄様は、へにゃりと笑った。

「レイラからお揃いを提案されるなんて……」

なぜ、このお兄様は恍惚としているのだろう。

やはり、幼い時にお兄様とずっと一緒にいたいとか結婚したいとか言ったのがいけなかったか。

「日記帳なら、今日あったことを書き留めて、今後に生かすことが出来ますから」

「うん。レイラとの蜜月妄想を書き留めるのに最適だ」

『本当に、良いのか？　これを野放しにして』

ルナの声が本気である。

「……」

とりあえず全てを聞かなかったことにして微笑んだ。

世の中、聞かなかったフリで回っているものだと、私はよく知っている。

「着きましたよ！」

「さて、行こうか」

お兄様が私の肩を抱き寄せてくるのをさり気なく避けていたら、悲しそうな顔をされた。

代わりに手を繋ぐということにしてもらえば、彼は幸せそうに微笑んだ。

お兄様って、やはりチョロい。それで良いのだろうか。

可愛い店中には、ピンクや水色の色が溢れている。

ハートや花のモチーフのアクセサリー、パステルカラーのメッセージとイラストが描かれたティーカップ。服を着たテディベアたち。小さな女の子と男の子が手を繋いでいるデコレーションケーキに、色とりどりな日記帳。

「日記帳ですよね。お兄様。このピンクと青の日記帳などどうでしょう？　可愛いというよりもオシャレな雰囲気で、これならお兄様も使いやすいですよ」

シンプルなレースの飾りがついた日記帳には簡易的な鍵が付いていた。

「良いね！　鍵が付いていて、レイラのあれこれを閉じ込める……みたいなのが背徳的で」

「次は羽根ペンですね！　今度はお兄様が選んでくれたら嬉しいです」

細かいことを気にしていたら、この人の妹でいることは出来ないのである。

期待するように見つめれば、お兄様は簡単に乗せられた。

「期待してて。本気出すからね」

「お兄様のセンスは素晴らしいですから！　楽しみにしています！」

「……！　待って、本気で選ぶから」

あのシスコンな兄が！　私の手を離した、ですと!?

どうやら本格的に至上の羽根ペンをお揃いで選ぶらしい。

その瞳は真剣で、今がチャンスとばかりに私はお兄様から離れた。

可愛らしいマカロンの詰め合わせを眺めながら、医務室に置いておくお菓子にこれも買っていこうかと手に取った。

マカロンは甘く、可愛らしくて惹かれてしまう。

いつも医務室を溜まり場にしようとする男性陣には可愛すぎるかもしれない。

でも、ハロルド様辺りは好きそう。女子が食べそうな甘ったるいお菓子も大好物な彼のことだ。これを出されても躊躇はしないだろう。

ふふっと笑みを浮かべてしまう。

いつの間にか彼らは私の日常になっていて、それが少しくすぐったい。

たくさんの色が入っているタイプにしようと手を伸ばそうとして、誰かの手が偶然に触れた。

どうやら隣の人も手に取ろうとしたらしい。

「申し訳ございません……！」

「いえ。こちらこそ、申し訳な――え？」

ぱっと身を引いた私は、隣にいる人物を見た瞬間に硬直した。

相手の方も硬直していた。

ローブで顔を隠した彼の双眸は、碧眼。美しくも凛々しい色は王家の色と同じで。

なぜ？　なぜ、彼はここにいるの？

思わず後ずさった。

「貴女は……、なぜ……」

驚きに目を見開いたフェリクス殿下は、お忍び中だったのだろう。

服もお忍び用のものに替えていて、きらびやかさは、少しだけなりを潜めていた。

なぜ、こんな場所にいるのか分からなかった。女子が好みそうなお店なのに。

「……っ、失礼します」

少しずつ後ずさった私は、混乱したまま走り去った。自分が素顔を晒していることを知っていたから。

まずい！　見られた！　捕まってはいけないと、この時の私はそればかりを考えていた。

混乱して裏道へと逃げた私がいけなかった。逃げた先は店のすぐ裏の道。わざわざ人のいない道を自分で選んでしまうなんて。

店の入口からは近いけれど、周りに人はいない少しだけ暗い道だった。

「待って！」

「……っ！」

フェリクス殿下に追いつかれ、腕を摑まれてしまう。

彼を隠していたお忍び用のローブがはらりと解けて、金色の髪が揺れている。

「どうして逃げるの？」

「……逃げるつもりは、あっ……」

「その声……レイラ嬢？」

迂闊だった。声を聞かれてしまえば、私の正体なんて簡単に分かってしまう。

いや、それにしてもすぐにバレすぎた。

そんなに私の声は特徴的だっただろうか？

その思いが顔に出たのか、殿下は私の肩を摑んで引き寄せて、耳元で囁く。

「私は貴女の声が好きだから、それくらい簡単に分かるよ」

それはどういう意味なのだろうか。私の声が好き？

何も言えずにいた私は、そのまま固まっていた。足が震えているのが分かる。

今からでも振り解いて逃げてしまえば良い。

それは分かっていたのに。

動けない。私の足は石のように固まっている。

肩を離されて近付いていた顔は離れた。

あからさまにホッとした私の様子は、殿下にも伝わっていた。

逃がすまいと、腕はぎゅうっと摑まれたまま。

「ようやく見つけた」

「離してください……」

「逃げ出さずにいるならば」

「……」

何も言えなくなった。

この状況、最悪すぎるではないか。

レイラとして認識されたまま、あの夜の不審者としても認識された。

「ね、こっち見て」

顎をくいっと上に向けられて、殿下と目を合わせてしまった。

どうしてそんな目で見るの？

怒っていると思っていたのに、そんな素振りは一切なく、そこには必死さすら垣間見えて。

動揺して目を泳がせるも、指先が顎を捉えたまま離さない。

「やっと、目が合ったね。こら、逸らしちゃダメだ」

「ごめんなさい……。ごめんなさい。私、その……」

謝って許される問題なのだろうか。人の思いを踏みにじるような真似をした私が。

「なぜ、謝るの？　……私は、あの夜の女神が貴女だと知れて嬉しい」

「……！」

よく分からない。なぜ、殿下は心から嬉しそうに、陽だまりのような暖かい微笑みでこちらを見つめるのだろう？

その熱の籠る瞳は、私の顔すらも赤く染め上げてしまいそうだった。

「どうか、見ないで……」

自分の瞳が潤んでいくのが分かる。

渦巻いているのは羞恥などではなく、恐怖。

目の前の殿下が怖くて仕方ない。

これ以上は未知なる領域だ。

だから怖くて仕方なかった。

「嫌だよ。やっと貴女だと知ることが出来たのに。逸らしたくなんかないし、レイラ嬢は私の気持ちを知っているでしょう？　私は貴女のことが――」

それ以上先は聞きたくない！

なんて勝手なのだろうと知りながら、私は。

「やっ、止めてください！」

力の限り振り払ってすり抜けようとした私の足元は恐怖で縺れ、バランスを崩した。

「きゃあっ！」

「レイラ嬢⁉」

はしたなくも転びそうになった私を、逞しい腕が受け止める。

ビクリと震えた体は、目の前の青年に抱き込まれ、思わず顔を上げた。

「あっ……」

「レイラ嬢……」

吐息が混じり合いそうな距離。今にも唇が重なりそうなくらい顔を寄せてしまっていた私たちは、その距離感に二人して呆然として見つめ合っていた。

フェリクス殿下の瞳に徐々に熱が宿っていくのを間近で見てしまう。

この人は、こうやって愛を伝えるのか。

その雄弁な瞳が。甘く柔らかな声色が。その熱い指先が。

とろりと溶けたように甘ったるい目を向けられ、そこには戸惑った私の姿が映り込む。

「どうか、逃げないでここにいて。私の話を聞いて欲しいんだ」

頬に添えられた手は熱い。目の前の青年が少しでも動けば、私の唇に触れることも簡単だった。

金の絹糸のようなサラサラとした髪が触れるくらい近いせいだ。

だからこんなにも心臓が鳴り止まない。

鼻先が触れ合い、びくりと震えた私は何に怯えたのか。

ぎゅっと目を瞑っていたら、殿下は苦笑しながら少しだけ離れる。

それでも手は届く距離で、ほっとして目を開けた私に指を伸ばす。

「キスされると思った？」

私の唇をなぞる親指は少し悪戯（いたずら）めいている。

キスの感触など知らないけれど、彼の指先は柔らかくはない。

悪い冗談だ。

何も言わない私に腹を立てることもない心の広い方だけれど、少しタチが悪い。

「勝手にそういうことはしないよ。貴女は怖がっているのに。合意のないキスは暴力と変わらない。合意を得て、触れる許可が出たらするかもしれないけど、今は違うだろう」

私は慌てて胸元を押しやった。

「好きな男性はいる？」

「私は、お兄様が大好きですから……。酷いくらいのブラコンで、厄介な令嬢かと。愛し愛される関係にはならないと思います。貴方様は私には勿体（もったい）ないくらいのお方です」

「なるほど。好きな相手はいないようだ」

「いいえ！　私にはお兄様が……んっ」

それ以上の反論を許さないと言わんばかりに、私の唇に人差し指が当てられる。

この状況の恥ずかしさに顔がカッと熱くなる。

「お兄様が大好きだと、この唇は言ったけれど、貴女の瞳には熱がない。貴女にとっての兄は、普通の家族で、親しみを持ってはいるけれど恋焦（こいこ）がれる相手ではない。兄の方は知らないけれどね」

全てを見透かすような瞳は、私の一挙手一投足を監視している。見逃さんと言わんばかりに。

「うん。何も問題ないようだね」

その笑顔は晴れやかで、私はただ恐怖した。

紳士的で麗しい瞳なのに、狙いを定めたような獣のような気配がして、思わず怯(ひる)んだ。

彼の本気が分かった。分かってしまった。

身を竦ませ、怯える私に気付いたうえで、殿下は私を欲しがっている。

今すぐでなくても良いと。いくら時間をかけても逃がさないと言われている気すらする。

私はそれらの全てが怖い。

死にたくないという理由もあるけれど、これはきっと私の前世からの業(ごう)だ。

前世の私が顔を出す前に、振り切って逃げようとした。そんな愚かなことをしてしまうほど、
私は混乱状態に陥っている。

「ごめんなさい！」

背を向けて、なりふり構わず足を動かした。淑女として学んできた全てをかなぐり捨てて。

「レイラ」

親しげに呼ばれた直後、後ろから伸びてきた手が私の手首をパシッと摑む。

思わず後ろを振り返る前に、殿下の腕の中に閉じ込められた。

ここで抱き締めるなんて。

「……やっ」

巻き付いてくる腕を弱々しく解こうとするけれど、逃がさないと言わんばかりに後ろから抱き締めてくる腕に力が込められた。

後ろから、抱き締める腕は、思いのほか強い。

逃げても捕まるなんて知っているのに、私は余計なことをしている。

殿下の胸元に柔らかく抱き込まれて、顔すら見えないが、彼の脈打つ心臓に、私はどきりとした。

「ありがとう。レイラ。すごく嬉しい」

何が嬉しいのだろう？　私は怖くて仕方なくて、ただ逃げようとしているだけなのに。

どこか余裕さえも感じられる声。これからの未来に希望を持った声。

絶対に手に入れてみせるという想い。

純粋に心から喜んでくれているらしかった。

「貴女が貴女であることが嬉しいんだ。私の目を奪い、私の心にも住み着いてくれた貴女だからこそ、嬉しい。何を言っているのか分からないだろうけど、こんなに嬉しいことがあるだろうかって思う。今、想いを返してくれなくても、それでも」

本当に何を言っているのか分からなかった。

私にはどうしようも出来ないのに。

でも、彼は本気でそう言っているらしい。

私が私で嬉しいのだと。

これ以上、何も言うことが出来ないのに。

お願いだから好きだと言わないで欲しかった。

追い詰められた私の耳に、聞きなれた狼の声。

『ご主人の魂は相変わらず興味深い。誰よりも早熟なのに、誰よりも未熟。誰よりも頑強なのに、誰よりも脆(もろ)い。それゆえに……私のような精霊にも分かる。そなたにはまだ時間が必要なようだ』

何を言ってるの？

影の中から姿を現さないまま、ルナの声が聞こえてきた。

『受け入れる器がないと壊れてしまいかねん。まだそなたには早いのだろう。私はご主人のために動く忠実なる下僕だ。そなたが望まずとも動くことがある』

真剣なルナの声に、薄ら寒い何かが押し寄せてくる気配。

いや、違う。何かが私の体を巡っている。荒々しい闇の魔力の奔流。

それとは対照的に、抱き締める腕は優しくて、壊れ物を扱うように大切にしてくれている。

何かから守ってくれているようにすら思えるのは、錯覚だ。

闇の術式が広がっていく気配。

もしかして、殿下は気付いていていない？

不思議だ。私は何もしていないのに、体を巡るこの魔力は私のものだ。

ルナが魔法を行使しようとしている？　私の魔力で何かを起こそうと。

不自然に身を固くした私に、殿下は優しく声をかけ続けている。

それは、本気の愛の言葉に繋がる何か。

「ごめんね。私は自己中心的な人間だって今気付いてしまった。貴女が逃げようとするのを承知していても、伝えたいなんて思ってる。無理強いするつもりはないけれど、私は諦めたくないんだ」

「……」

真剣な声で訴えられ、その本気が伝わってくる。

今、この瞬間、全部なかったことに出来れば良いのに。

それで何事もなく、いつものようなお茶会をするの。

だけど現実は違って、何も答えない私に決定的な言葉が告げられようとしている。

「私は貴女のことを――」

それ以上は聞きたくないと思った瞬間、私の目の前は真っ暗になった。

それと同時によく知っている気配が入り込んでくる。

安堵した私は意識を手放した。

『ご主人。今は、よく眠れ』

ルナの声には慈愛が満ちていた。

第五章　仮初めと、束の間の平穏

ふと目が覚めて、自分が柔らかなベッドの上で掛布に顔を埋めていることに気付いた。

私、何をしていたのだっけ？　酷い夢を見ていた気がする。

記憶を探っていくと、私の最後の記憶は、フェリクス殿下に好きだと言われそうになったところで……。

「夢では、ないのでしょうね……」

夢だと信じたくても、あの記憶が本物だというのを私はよく知っている。

親しげに呼ばれた名前も、抱き締める腕の力強さも鮮明に残っているから。

思わず、自らの体を抱き締めたところで、ガチャリとドアが開けられた。

「良かった……。目が覚めたようですね。体は怠(だる)くないですか？」

「はい。叔父様……」

額に手を当てられ、机に置かれていた水差しを取ってコップに注いで手渡してくれた。

「貴女は三日間、意識不明だったのです」

「三日!?　……ええと、私はなぜ倒れたのか、あまり分かっていなくて……。どういうことか状況を教えていただいても？」

フェリクス殿下に正体をバラしてしまったという最悪の記憶を最後に、私は今ここにいる。

今気付いたけれど、詰んだ気がする。

殿下は、本気だった。

一目惚れの相手と知っても態度は変わらないどころか、あのお方は『私で嬉しい』と仰った。

恋焦がれる瞳は嘘には出来なくて、今後のことを思えば暗澹たる気分だった。

「あと、お兄様は？」

シスコンのお兄様がここにいないことにも驚いた。

あの兄ならば、それこそ私の意識が回復するまで付き添いそうだ。過去の事例もあるので、自惚れとかでは決してなく。

「ああ……。メルヴィンはね、あれは今興奮状態に陥っているのですよ……。昨日までいたのですが、正直邪魔――こほん、彼も忙しいと思ったので領地に送り返しました」

「叔父様？　なぜ目を逸らすのですか？」

お兄様が興奮状態？　どういうことなのか。

「レイラには記憶はないと思いますから、精霊様に事情を伺ってみてください。まあ、その、悪いようにはされていないと思いますが、その……メルヴィンが……」

何やら憚るように声が小さくなっている叔父様をじっと見つめていたら、チーンとベルが鳴る音が聞こえた。

「おっと。来客対応をしてきますね」

叔父様がそう言って部屋を出て行くのを見送り、ようやく気が付いた。

ここは、医務室の奥の研究室。普段、叔父様が籠っている部屋。奥の方にあったベッドに私はいる。どうやら医務室のベッドの余りを流用しているらしい。

緊急治療室じみた空間になっているのが、不思議だ。途中までは研究室、途中からは病院と、まさに混沌としている。

道具が本職のそれなのでなおさら。

枕元にある小さな机には綺麗な花が生けられ、お見舞いの箱らしきものが少しだけ積み上がっている。

誰か持って来てくれたのだろう。見覚えのある生徒の名前に目頭がジンとしてしまう。

そっと、ふらつきながらもベッドから下りて、上着を羽織り、眼鏡をかけ、入口へと足を進める。

お客様……。この数日間は、叔父様は来客対応していたのだろうか？　それとも、私が来る前みたいに放置していたのだろうか？

ドアの向こうから叔父様の声が聞こえる。

「ご迷惑をおかけいたしました。メルヴィンが男からのお見舞いは全部突き返すとか、失礼すぎることを宣（のたま）い、あんなにも醜態（しゅうたい）を晒してしまって申し訳ありません。私でも手が付けられないとは思いもせず――」

お兄様。何やってるの。もしかして、ここにある品物が女子限定なのはそういうことなのか。

相手の声は聞こえず、叔父様の返答だけが聞こえた。

「問題はありませんよ。レイラのことを心配してくださって、ありがとうございます。何度も様子を見に来てくださって……。レイラは生徒の皆様方に好かれているようで、叔父としても大変喜ばしく思います」

私はこうして目を覚ましている。誰が心配してくれたのかと、自らが上着を羽織ったとはいえ寝巻きのままだということも忘れて、ドアを少し開けてしまった。

ガチャっと控えめな音を立てつつ、お客様の姿が目に入って私は硬直した。

「え……」

振り返った彼の瞳は意識を失う直前に見た双眸と同じもの。

今、最も顔を合わせたくない人物だった。

「無事!?　先ほど、目を覚ましたとは聞いたけれど、もう起きても大丈夫なの？」

フェリクス殿下は、隙間から覗かせた私の姿を見てソファから立ち上がる。

近付いてきた殿下の姿に、羽織った上着を思わず手繰り寄せる。

そっと見上げて様子を窺えば、その瞳に宿る感情は純粋に心配という文字。そこに含みなどは一切なく。

あれ？

「三日前に何があったかは分からないけど、倒れたって聞いて心配したよ、レイラ嬢。体は回復したと言っても、意識がないと聞いていたから」

んん？　なんか普通の対応？

あの時、彼は私をレイラと呼んでいた。

名前を呼ぶ時も、親しげな響きはあるものの、あの時のような熱は感じられない。

それに、三日前のことを殿下は覚えていない？

もしかして、あれは意識を朦朧とさせていた私の夢だったの？

呆然とする私に、殿下は安心したように微笑んでいる。

「あと、これ。お見舞いのゼリーの詰め合わせ。食べやすいと思うから、ぜひ。こっちは元気になった時にでも食べて」

「あ、ありがとうございます……？」

ゼリーの詰め合わせセットと、もう一つの袋は私が行ったお店？

やはりあの時、殿下があの場所にいたのは確実？

「ええっと、これは……」

可愛い紙袋のそれに戸惑っている私に、彼は申し訳なさそうな表情で答えた。

「ああ、こっちは元々持ってくる予定だったもので。ほら、デコレーションケーキ、貴女の分までいただいてしまったから。何が好きなのか分からなくて、無難なもので申し訳ないけど」

殿下がわざわざお忍びしてまで買いに行ってくれたのは、このためだったの？

私はあまり気にしていなかったけれど、彼は申し訳なく思っていたのだろう。

なんだか拍子抜けしつつ、呆然としていた私を彼は心配そうに覗き込んで、私の額に手を当てた。

「……！」

思わぬ接触に動揺した私に、彼は気付いていなかった。

「熱はないけど、少しぼんやりしているね。私のことは良いから、もう少し休んで」

「は、はい……」

殿下の肩越しに叔父様の方を見つめれば、彼はこくりと頷いた。

バタン、とドアを閉めて、奥へと戻り、ベッドに腰掛ける。

どういうことなの？

三日前。確かに私と殿下はあそこにいた。それなのに、記憶が彼にだけない？

それとも私の記憶が改変されている？

『ご主人。私から全てを説明しよう』

戸惑う私の視界に闇色の狼が突然現れたと思えば、私の前にお座りをした。

「ルナ。私の記憶どこかおかしくて！」

『案ずるな。そなたの記憶はどこもおかしくない。私が弄ったのは王太子の記憶の方だ。あの者の記憶を、私が一部消したのだ』

「え？」

ルナのとんでもない発言に私は一瞬硬直し、事態を理解すると青ざめた。

「それは、大罪なのでは!?」

一部と言ってもマズい。彼の消した記憶の中に重要機密など、忘れては困る記憶があったならば、恐ろしいことになる。

それがこの国を揺るがすことだってありうるのだ。

フェリクス殿下の頭の中だけに留めている記憶もきっとあるだろう。

『安心しろ。ご主人。私が消した記憶は五分だ。直前から五分前までの記憶をまるっと消した。消した記憶を確認してみたが、あの男の失った記憶はプレゼントを選ぶ記憶と、あの決定的な記憶だけだ』

決定的な記憶。顔を少し合わせて声を聞いただけで、私が私だと彼は分かってしまった。

つまり、もう一度素顔で顔を合わせれば似たようなことが起こるというわけで。

その想像に戦きつつも、全てがなかったことになり安堵した自分も確かにいた。

『勝手な判断をしたが、ご主人の精神が耐えられなくなるよりはマシだと、強硬手段を取ってしまった。人の記憶に干渉したせいで、そなたはこんなことになった。倒れたのは魔力の大量消費のせいだ』

人の記憶の干渉?

それは簡単にされてはいけないものだ。

そして、安易に使ってはいけないもの。

たった五分。たった五分の記憶を消して、私は三日意識を失ったということなのだろう。

こんな魔法があるなんて。

人の精神に作用する魔術を使うには、それ相応の代償がいる……そのことに安堵した。簡単に使われて良いはずがないからだ。

精霊が行使したとはいえ、魔力は契約者由来だ。魔力は平均より多少多めの私だが、それでも今回の衝撃は大きかった。

『勝手なことをして申し訳なかった……。とはいえ、ご主人。ずっと昔から抱えてきたトラウマとそなたはいつか向き合わないといけない。今回のことはただの時間稼ぎに過ぎぬのだから』

「……」

その通りだった。昔の私の記憶が、まだ私を苛んでいることにルナは気付いていた。

私に時間が必要なことも。今の私では耐えられないことも。

『そなたは恐怖しているのだろう？　私がこのような強硬手段を取れたのも、そなたが望んでいたからという理由があった』

私が望んでいた？

確かに、フェリクス殿下と遭遇して正体を知られてしまった私は、その瞬間の全てをなかったことにしたいと望んだ。

それが殿下の記憶を消すということに繋がったのだ。

「私は人の気持ちを弄んで……最低な女だわ」

真っ直ぐに向けられた思いに向き合うこともしないまま、私は私のために逃げた。

罪悪感が込み上げてきて、涙が零れそうになるが、私に泣く資格などない。

「もう一つの方は……クッキー缶？」

殿下が私のために選んでくれたあの雑貨屋の品物は、可愛い缶の中に可愛らしいクッキーが所狭しと詰められているものだった。

女子が好みそうな、色とりどりの植物と可愛らしいウサギやリスなどが描かれた缶。

無難なものになってしまったと言っていた彼だったが、女子が多くて入りにくいあの店に自ら入って行って私のためにこんなにも素敵な品を選んでくれた。

高級なものを贈れば、私が遠慮すると配慮したのか、親しみやすい贈り物だ。

『記憶を消したとしても五分だったからな。少しぼんやりしてしまったとしか思っていないはずだ。実際、あの男は何も気付いてはいない。そこまで気に病む必要はないぞ』

気付いていないからと言って、良かったのだろうか。いや、良くない。

ルナは慰めようとしてくれているけれど、私は彼の告白をなかったことにしたのだ。

『一昨日から何度か見舞いに来ていたが、変質者――そなたの兄が追い返していてな。男の見舞いの品など言語道断。自分が全てを燃やし尽くすと言っていて、私としてはアレの対処をどうにかした方が良いと思うぞ』

お兄様……。殿下に失礼を働いたとか、そういうことはないのだろうか。物凄く心配だ。

そしてふと気になって問いかけてみた。

「私が意識を失って、どうなったの？　ルナ」

その瞬間、ルナの様子がおかしかった。

なんというか、遠い目をしながら天井を仰いだのだ。

『あの場でご主人が倒れるわけにはいかないから、私が一時的にご主人の体に憑依（ひょうい）したのだが――』

「憑依!?」

『おかしなことはしていない。すぐに眼鏡をかけた後、それなりの対応をしてあの場を後にして、ここに帰ってきたのだ。その後はご覧の通りだ』

どうやら、この場所に帰ってくるまでに私のフリをしてくれていたらしい。

ルナは器用だし、常識狼？　だし、変なことはしていないはずだとは分かっていた。

ただ、一言だけ、ルナは言った。疲れたような声で。

『あの兄は頭がおかしい』

何があったのか分からないが、とりあえずルナの様子を見る限り、緊急性はなさそうだと判断した。

ひとまず、私は胸を撫で下ろした。

人間の体に入り込むのは初めてだった。

人間の身体の使い方など分からないだろうと思っていたが、やってみたら意外と出来た。

ご主人の体に染みついた習慣と記憶のおかげで、なんとかなったとも言える。

闇の魔術の中でも、精神に干渉する魔術はとにかく消費が大きい。

魔力の大量消費で意識を失い倒れかけたご主人の身体に私は憑依した。

憑依。……ふむ。契約しているからか、すんなりと出来てしまったな。

すんでのところで体勢を立て直し、五分間の記憶を消した衝撃で惚(ほう)けた王太子のそばをすり抜け、店内へと走る。

いまさらだが、人の姿は慣れぬな。

裏口から入り込み、ご主人が持ち歩いていたらしい眼鏡をかけて、ようやく〝人心地〟ついた。

「なるほど……これが人間の体か……」

声も麗しい。自分の意思で発されているので、どうも不思議な感覚だ。

店内へと足を踏み入れ、近くにあった手鏡を手に取った。

「……なるほど」

——どんな表情でも麗しい。

ご主人は基本的に表情がクルクル変わるわけではないのだが、内面から溢れ出る誠実さと自己肯定感の低さが上手いこと混ざり、儚(はかな)げな美人といった様相を成している。

控えめでありながら、どこにいても自然と馴染む性質はご主人特有のものだなと思う。

例えるなら、月か。もしくは、冬の陽だまりか。

穏やかさと暖かさが共存したご主人に、何かを言いたくなってしまう者は多い。

医務室を溜まり場にしようとする者もいるからな。

そんな暖かみのある彼女に私が憑依した瞬間、顔つきに鋭さが増した。

氷のように透き通って美しいが、無慈悲な鋭利さが潜む冷たい美貌の女がそこにいた。

「ご主人だからこその、表情か」

わずかに冷笑してみたら、氷の女王のよう。

サラサラとした銀色の髪。紫水晶のような瞳には、何の感情も映らず無機質で。

「レイラ！　どこにいたの？　今まで、店内を探し回っていたんだよ！」

いきなり抱き付かれ、わずかに顔を顰めた。

くっつくな。腕を回すな。すり寄せるな。

ご主人の実の兄。私はこの男を異常性愛者だと認識している。溺愛どころか、執着し切った男の目。

この兄の視線の中に不埒なものを感じるのは気のせいではないはずだ。

長年一緒に過ごしてきたご主人には分からないように巧妙に隠しているが、他人かつ精霊である私には分かる。

この類の男とは、早く離れた方が良いと本気で思うのだが。

ご主人は無防備すぎないか？

目の前のメルヴィンとかいった男の執着は恐ろしい。この私ですら恐怖を覚えるほどだ。

……抱き着いてきたのも問題でしかないのだが、この男はどこを触っている。

腰から背中に向かって撫でる手が若干いやらしい動きをしていた。

無意識なら余計に酷い。正気の沙汰ではない。

この不埒者に対してはあまり良い印象を抱いておらず、無感情な目にほんの少しの不快感を乗せて、チラリと見上げてみる。

あり体に言ってしまえば、有象無象のゴミ虫でも見るように見つめてしまったのだが。

恐ろしいことにご主人の兄は、実の妹のその表情を見た瞬間、恍惚とした笑みを浮かべて、その場に跪いた。

姫に忠誠を誓った騎士のように。気持ちが悪い。

「ああ……。レイラ。君は僕に対してどんな想いを抱えているのだろう。そんなにもゾクゾクする瞳を向ける理由は何なのだろう。ふふ、君は何をしても美しく、気高い。苛まれてもそれは甘美なる喜びだ……僕の小さな女王様……。僕を虐め、辱めるのは君の役目だ」

何か言っている。言語中枢がおかしくなったのか？　気持ちが悪い。

とりあえず、ご主人の評判を下げることはしたくないので普通に接することにする。

こんな感じだろうか。

「……お兄様。邪魔です。早く帰りましょう。醜聞になる前に一刻も早く」

「うん。僕の女王様……。後でご褒美をくれるかな」

何かを間違えたらしい。背筋に怖気が走る。

「虫唾が走るようなことを仰らないでください。例のブツは買えたのでしょう？　気持ち悪い笑みを浮かべるのは止めて、さっさと帰りましょう」

ああ。なぜだろう。何かを言えば言うほど、目の前の男の顔が恍惚としていく……。

何かに興奮しているのか、息が荒く見える。気味が悪い。

毒を吐いてしまったが、そもそもご主人はこんなことを言わない。

「お兄様。それ以上不埒なことを考えるようでしたら、嫌いになりますよ？　無視されたら悲しいでしょう？」

こっちの方が「らしい」のでは？

内心誇らしげにしていたのだか、今の一言で大人しくなったご主人の兄は、しばらくしてから馬車の中で呟いた。

「僕が苦しむ様を遠くから冷たく眺めるレイラ……、僕の言葉を無視していくレイラ……それはそれでイイ」

「……」

この男、もはやご主人なら何でも良いのではないか？

私は匙を投げることにした。

しかもこの不埒者は、学園の医務室に帰ってからも騒がしかった。

この兄は、変貌してしまったご主人に興奮していたが、同時にいつものご主人を恋しく思ってもいるらしく、メソメソしたり、一喜一憂といった様子だ。

狂っている。

「メルヴィン。貴方のせいで話が終わらないので黙ってもらえます?」

満面の笑みを浮かべたご主人の叔父であるセオドアは、すぐに向き直りふっと笑う。

「レイラの精霊様でしょうか。何か事情がおありのようですね。レイラの魔力の消費が著しいことと何か関係がありますでしょうか?」

何やらセオドアは、そわそわしている。

「さすが、ご主人――レイラの叔父上。見事な勘の良さをお持ちのようだ。少し事情があってある者から逃げ出したのだが、その際相手の記憶を五分奪う魔術を使ったら……意識を失った。……体に支障はないが、負担は大きかっただろう」

「精神干渉!! それはそれは! 契約者を通じて、そのような魔法が使えるのですか!? それに先ほどから気になっていたのですが、憑依!? 契約者との繋がりが深いからこそ出来る芸当なのでしょうね。ああ……興味深い……」

先ほどからそわそわしていた理由はそれか。

「今から憑依状態を解くつもりだ。ご主人はしばらく眠るだろう」

「ありがとうございます。ここまでレイラを連れて来てくださって」

こうしてご主人の体から出ていくと、彼女はそのまま三日間、眠り続けることになった。

その間、ご主人の兄が非常に騒がしく邪魔だったのは言うまでもない。

あの男は妹狂いだ。セオドアに追い出され領地へと戻されるまで、おかしかった。とにかく酷いものを見た。

思い出すだけでも疲れるので、あまり思い出したくない記憶になった。

とにかく気持ちが悪かった。

何か大事なものを失った気がする。レイラ嬢への贈り物を探しに行った辺りから、私は何かを忘れている。……いや、何かをなくした？

とても尊いものを見つけて、腕の中に閉じ込めたのに、その痕跡すら全て跡形もなく消えてしまったように。

レイラ嬢にお見舞いの品を渡した後に、何か彼女に言いたいことがあるような気がしたのだ。

「……？　なんなんだ？　私は何かを忘れている？」

胸の中にぽっかりと穴が空いたような心地とはよく言ったものだ。

ぽっかりと穴が空いた部分には、確かに虚無感というものが存在していた。

そこにはないのに、そこにある。そこにあるはずなのに、そこにはない。

言葉で表すことの出来ない哀切が私を苛む。

何を忘れてしまったのか。それが大切なことだけは覚えているというのに。

王城へと戻る前、一人温室で佇みながら、目を閉じた。

今、私の心に住んでいるものは、いったい何なのか。

目を閉じて、暗闇に視界を閉ざしてみたら、脳裏にレイラ嬢の控えめな笑顔が映りこんだ。

そして、目覚めたばかりの彼女の姿が何度も蘇ってくる。

その理由が分からない。なぜ、理由もなく彼女を思い出してしまうのか。

私には一目惚れした好きな人がいるというのに、なんということだ……。

レイラ嬢にも惹かれているのだろうか？

「……これは酷い……」

焦燥感を覚えてしまって、今すぐにでも彼女に会わなくてはいけないという衝動が襲ってくる理由も、分からない。

数日前からの心の動きに戸惑いながら、彼女の下へと向かう。

安らぎを求めてではなく、彼女に認識してもらいたいがために訪問している自分がいた。

レイラ嬢もここ最近回復したばかりだが、それから様子がどこかおかしい。

放課後の学園内は、人がいない。チラホラと生徒がいるが、私の姿を見る度に、皆挨拶をして帰って行く。

確か寮生は門限が早かったか。

医務室と書かれた看板のドアをノックしようとしたところで、中から一人の男子生徒が飛び出してきて、「レイラさん、また来るよ！」などと声をかけていた。

偶然鉢合わせてしまった私の姿を一目見て一瞬固まってから、彼はすぐに慌てたように頭を下げる。

「フェリクス殿下！　ししし、失礼しましたー！」

「いや、こちらこそ驚かせてしまったようだ」

今の今まで、彼女と話し込んでいたのだろうかと思うと、笑えない。

社交用の貼り付けた笑みを浮かべるが、上手く笑えているのか不安になってくる。

なんだこれ。面白くない。

レイラ嬢は、どんな顔をして彼を迎えていたのか。

ノックする前にドアの隙間から彼女の表情を窺ってみれば、紅茶を口にしながらリラックスしているようだった。

「……」

コンコンと控えめにノックをする。

「はい、どうぞ」

落ち着いたレイラ嬢の声に、なぜか私は緊張しながらドアを開けた。

「こんにち――……は……」

途中までの挨拶は元気だったというのに、彼女の声は尻すぼみになっていった。

こちらを振り返った彼女が私の姿を見た瞬間、ほんの一瞬だけ。

誰にも伝わらないくらい小さな変化だったけれど、確かに見た。

何か、怯えられている？　いや、違う。

それは私自身にではなく、もっと違う何かに怯えている気がした。そして、申し訳なさそうに身を竦めるのだ。

「レイラ嬢。こんにちは。もう夕方だけど、貴女はまだ帰らないの？」

「ご機嫌よう。フェリクス殿下」

彼女の向ける感情が分からない。ふわりと微笑んだレイラ嬢はいつも通りに見えるけれど、数日前とは何かが違う。

この医務室で彼女の姿を、行動を、仕草を、声や表情を、ずっと私は見てきた。

そう。自分が思っているよりも見ていたんだ。だから分かった。

嫌われてはないけれど、一線を引かれている？　と。

私に友好を感じると同時に、何かに怯え、恐怖しているレイラ嬢。それと――。

後悔……だろうか。

レイラ嬢の小動物じみた反応を見ると、本能なのか抱き締めたくなってしまう。

ソファに座っていた彼女の横に腰掛けると、明らかに彼女の肩がビクリと揺れる。

「大丈夫？」

「恐れながら。何が、でしょうか？」

「大丈夫なら良いんだ」

倒れた彼女に何があったのだろうか？

気になることは多くとも、彼女に干渉することが出来ずにいたのは、私のような不誠実な男など、彼女に相応しくないと思ってしまうから。

そうして結局は他愛もない話をするのだけど、それでも私が癒されるだけ。

……彼女は今日も彼女らしく、私を癒してくれている。

一線を引かれても、レイラ嬢の優しさは変わらず、常に相手のことを尊重してくれている。

「さっきの男と何を話していたの？」

自分が思っていたのと幾分か違った剣呑な声に内心苦笑する。

「まあ、ちょっとした相談です」

内容は決して教えてくれない。レイラ嬢は口が堅い。

彼女と普通に話せるのが羨ましくて仕方なくて、彼女が聞き上手だということを皆知らなければ良いのにと思ってしまうくらいだ。

もし、そうなら？　私だけが――。

ああ。なんて醜い。

このドロドロとした独占欲を恋だと認めるわけにはいかない。

あの夜、月の下で見た女神のことが忘れられないのは本当なのだから。

なおさら酷いな。これは。

自己嫌悪で自分自身を焼き殺したくなる。

「殿下？」

「いや、何でもないんだ」

ゆるゆると首を振り、レイラ嬢に向かって優しく微笑むと、彼女はそっと目を逸らした。

笑顔に見蕩れて、とか恥じらって、などではないのが残念だと思った。

ああ。私は浮気性なのではないだろうか？

自分の新たな一面に絶望する。今まで女性に興味がなかったから、余計に。

様子のおかしい私に気付いて心配してくれたのか、レイラ嬢は、こちらをさり気なく見守ってくれていた。

レイラ嬢なら、私の悩み事も聞いてくれそうだ。

こんな情けない相談でも、きっと。

「これは私事なのだが……自分自身が情けなくて仕方なくて自己嫌悪してしまってね……。それに自分の愚かさにも絶望している。……レイラ嬢はそういう場合どうしてる？」

具体的なことは何も言えなかったが、聞いてみた。

「自己嫌悪ですか？」

「うん。……詳しくは言えないけど、こう自分の不誠実さに呆れているというか」

「……ふせいじつさ」

それを口にするとなぜか、レイラ嬢の方がズーンと暗いオーラを纏い落ち込み始める。

「うう……ふせいじつ……不誠実……ね。私は最低な人間だわ……。最低な私が何かを答えられるわけがないのよ……」

「レイラ嬢？　おーい、レイラ嬢？」

何やらまずいことを聞いたらしい。ここまで感情がダダ漏れの彼女を見るのは初めてだった。

私に愚痴でも言ったらスッキリするのではないかな。

いつも聞いてもらっているから、今度は逆に話を聞いてあげたい。話を聞いてもらえるだけでも気分は変わるのだから。

「私で良かったら話を聞くよ？」

彼女を心配しているのも本当。それと、もう半分は下心。相談をしてもらえるくらいの関係になりたいという自身の穢らしい感情だ。

優しい彼女に抱くことも許されない感情だ。何しろ、不誠実なのはこちら側なのだから。

これが王族で、王位継承権第一位の所業か？　とも思う。

自分の見た目の良さも理解していたから、ことさら完璧な微笑みを披露した。

自然な笑みを浮かべてみせると、レイラ嬢は戸惑ったように視線をさ迷わせた後、顔を隠した。

「私は最低な女なんです。こんな女が殿下の優しさを受け取る資格などありません。私などが貴方様のような……」

これはまた、ずいぶんと思考の檻に閉じ込められている。一人で溜め込みすぎだろう。こういう状態に嵌ったら、全てを吐き出してしまうに限るというのに。

そもそも本当に最低な人間は、自分を最低だと言わないだろう。

仕方ない。

「レイラ嬢。そんなことはないと思う。むしろ私以上に最低な人間なんていない。最低な私相手なら、話せることもあるかと思ったのだけど。何しろ私は――」

まるで何かを暴露するような仕草――つまりハッタリなのだが、重大事項を口にする素振りを見せた瞬間、レイラ嬢は慌てた。

王族のあれこれを聞かされるのだと勘違いしたらしい。

「言います！　言いますから！」

「うん。吐き出してしまえば楽になれるよ。幸いここには私以外誰もいない」

そうしたら私の持てる限りの知力を尽くして慰めよう。

彼女は長い時間をかけた後、躊躇うように口にした。

「……愛の告白を受けました。私は、それをなかったことにしたんです」

「え？」

なんだ、そんなこと？

それは単にレイラ嬢が誰かを振ったという話で、その告白した誰かは振られた。

それだけの話ではないか。

レイラ嬢に非は一切ないよね？　それ。

それより、彼女に告白したのは誰なのか、そちらの方が気になる。

ほら。なんて心の狭い。浮気性の男がここに。私の方がよっぽどだ。

「レイラ嬢。告白っていうのは、必ずしも応えなくて良いんだよ。自分が好きだからといって、相手も同じ気持ちかなんて分かるわけないし。そもそもね、告白するのは、意識してもらう手段でもあるよね？」

「あっ……。ええと。その通りなんですけど、そうじゃないと言いますか。あの……、私が怖がったせいと言いますか」

「いきなり男の欲を目にして怯えない淑女はいないよ。その男がどういう告白をしたかは分からないけど、レイラ嬢を怯えさせるなんてね」

むしろそちらの方が問題だと思うのだが。

「ええっと、違うんです。私がきちんと向き合わなかったから起きた事故というか」

可哀想に、レイラ嬢は顔を青ざめさせている。

「告白してレイラ嬢に意識してもらえたなら、大きな収穫だと思うけどな。私だったら、とりあえず想いを伝えられたら、すぐに同じ気持ちを返してくれなくても構わない。諦めるつもりがないなら、無理強いする必要はないと思うんだけど？」

好きな相手に対して、少しずつ歩み寄って、答えを急かさずにいられる懐の深さを持っていないなら、容赦なく振られても文句は言えない。

……浮ついた脳内お花畑王子の私が言っても説得力ないけどね。

それはもう非常に。

「レイラ嬢⁉」

なのに、それを聞いたレイラ嬢の瞳は、薄い透明な涙の膜を張っていた。

淑女の嗜（たしな）みからか、涙を零すことはなかったけれど。

それから、彼女は慌てて顔を背けて、「ごめんなさい」と繰り返すと、無理やりにっこりと笑みを浮かべた。

痛々しくて見ていられないほどで、そばについていてあげたいとも思ったけれど、彼女がそれを望まないことは分かっていた。

これ以上聞くことが出来ないまま、私はその場を後にするしかなかった。

私が寝込んでから数日経過した。フェリクス殿下の私に関する記憶が消えてから数日経ったけれど、それから大きな事件は起きていない。

私が三日間寝ていた間、特筆することはなかったらしい。

あの叔父様は相変わらず接客などは出来ず、あのベルに頼り切りだったそうな。

ちなみに、私はというと。

『ご主人、大丈夫か？』

裏庭の花壇の付近で、頭を抱えていた。

この数日、色々とありすぎたせいで受け止められない。

フェリクス殿下と顔を合わせる度に自分の罪の大きさを自覚する。

私はなんて不誠実で最低な女なのだろう。

殿下は申し訳なさにうち震える私を心配してくださって、あまつさえ慰めてくださったのだ。

あんなに優しい人の想いを、私は……。

確かに、関係が変わってしまえば、私はきっと潰れてしまう。

結局、前世のことを忘れられていないのだ。

今は今。前世は前世。そして、どんな道を辿ろうとも、それは私の歴史。誰が何と言おうと、過去の私は一歩踏み出したのだ。

色々と理解はしているはずなのに、それでも私はまだ、もがいてる。

罪悪感、申し訳なさ、自分自身の不甲斐なさ、得体の知れない恐怖。そして、甘くて苦いこの感情は切なさだろうか？

「ええ。問題ないわ。ここにいるのは、事情があってのことだもの」

乙女ゲームのシナリオは、どんなルートで進んでいるのか。

兄ルートだけは潰れてしまっているけれど。

確かこの時間、リーリエ様たちは一緒に時間を過ごすと聞いたもの。

チラリと姿が見られたら、だいたい分かる。

食事を取る際に、リーリエ様が誰の隣に座るかで、誰と上手くいっているのか、確認したい気持ちがあった。

フェリクス殿下と仲良くなっていたら、良いのにな。

彼の幸せ。それ以外に思いつかない。

本当に好きになってくれる人に愛されること。それが幸せなのではないだろうか。

自分自身がしてしまったこと。人の想いに干渉し、踏みにじった。

そんな私と違い、リーリエ様は純真無垢で素直で一途だと思う。

私ではなく、本来はあの子を好きになるべきだった。

私ではきっと無理だ。それに、私が耐えられない。

罪悪感が渦巻き、苛まれるけど、私にはこの程度の痛みじゃ足りない。

私は最低な人間だわ。

とりあえず昼食にしようと、近くのベンチに座り、膝の上にお弁当を置く。

「……っと、その前に」

肩から下げているポーチから、一つだけ小瓶を取り出した。

いつも持ち歩いている薬瓶には魔法薬が満たされており、揺らす度にチャポンと音がする。

部屋で見ても良いのだが、外で見ると魔力粒子が確認しやすいので、作りたてを確認する時、私は外に出ることが多い。

調合の仕方を変えたり、普段と違う薬を作った時、私は外の新鮮な空気を吸いながらじっくりと観察するのだ。

今回の魔法薬は、魔力の流れに敏感な人用のもので、少しの刺激で頭痛などを起こしてしまう人用に調合した。

魔力の流れに敏感ということで、そういった人たちは、有能だったり天才なことが多かったりする。

ふと顔を上げると、少し先でリーリエ様ご一行が優雅に昼食を準備していた。

簡易的なテーブルに清潔な布を被せており、あの辺りだけティーパーティーのようである。

きっとお抱え料理人に作らせたのだろう。

ちょうど良い配置で並べられる美味しそうなサラダやフルーツ、メインの品々。

私みたいに、膝の上にお弁当とかいう適当さではない。

リーリエ様の隣にいるのはフェリクス殿下だ。

なんだかんだ言いつつも仲良くしているじゃないか。

問題、なさそう。

目を逸らして空を仰いでいれば、ふと誰かが私の視界へと入り、影が差した。

「お前か。最近入って来たっていう医務室の女は」

「え？」

私は一瞬固まって、向こう側——リーリエ様たちの方向へと見やった。

あれ？

もう一度、目の前の彼を見て、もう一度向こうを見やる。

「何、挙動不審になってるんだ？　お前」

「だって……」

驚くのも無理はないと思う。

呆れた目で私を見下ろしている男の子は、三人目の攻略対象者だったのだから。

ノエル＝フレイ。子爵家令息。

天才魔術師と言われている男の子。魔術師団団長の息子で、将来を約束されている名門の出。

濡れ羽色をした艶やかな黒髪は美しいが、はっきりとした意思が滲む緋色の瞳は、情熱的で。

間近で見て、その鮮明な赤に吸い込まれそうになった。

本当はここで我に返るべきだったが、私は別のところへと思考が飛んで行った。

「ルビーみたい……。それに綺麗。ここまで綺麗な赤色ってことは、色素による生まれつきのものというよりも、魔力の色かしら？　魔力に色があるなら、赤以外に光る瞳もあるとか？それはないか……魔眼ならともかく、聞いたことないわね……」

ぼんやりとしながら馬鹿みたいに呟いた時にはもう遅い。

ぱっと顔を上げれば、意外そうにこちらをじっと見ているノエル＝フレイ――フレイ様がいた。

「ふーん。僕の目に怖がらないばかりか、仕組みについて気になっているとは。お前、もしかしなくても研究馬鹿か」

「なっ！　失礼な！　叔父様とは違います」

とここまで口にしたところで、はっとする。

これは相手に対して失礼なのではないだろうか？　不躾に見つめてしまっただけでなく、確かゲームのノエル＝フレイは自らの目について悩んでいた描写が……。

「すみません！　突然、不躾なことを……。ぼんやり考え事をしていたもので……」

「僕は気にしない。それより、良い着眼点だ。褒めてやっても良いぞ。……赤く光る瞳は高魔力の証って聞いたことあるだろう？」

「……そうですね」

この国で赤目に生まれた子は、不幸の子だとして忌み嫌われている。

悪魔の目を持った赤目の者は総じて魔力が高く、災いを起こす存在らしい。

過去に赤目の者が問題を起こしていたせいで、後の世の者が被害を被っている。

「だが、魔力量が豊潤な者など、この世界にはそれなりにいるのに、おかしいとは思わないか？」

「確かに。それだと、この世には赤目の者が多くなりますよね。恐ろしい魔力量の知り合いがいますけど、赤目になったりしたのは見たことがないですから」

叔父様の紫色の瞳が光ったことはあるけど、赤くなったりはしていなかった。

それにしても、この人はなぜ、自らの目について語り始めたのだろう。

少し気になるのは。

ゲームでは、具体的に能力については掘り下げてなかったし、悪魔の子として虐げられる描写しかなかったが、赤目に意味があるとしたら？

「もしかして、赤目に何か能力的なものがあるのですか？」

実際、赤目の者は魔力が多いのが参考文献にも記述されている。

とはいえ、なぜ、赤目の者が罪を犯すことが多いのかが気になった。

どうして一部の者だけが「悪魔」と呼ばれなければならないのかと。そこに理由がなければ理不尽すぎる。

「魔力が多い……。赤目の者が優秀……。これは私の勘ですが、恐らく魔力のコントロールに関わる力をお持ちなのでは？　あれ？　となると、やはり魔眼？」

「正解。お前、怖がるどころか、そこまで考察するなんて、やはり研究馬鹿の類だろう」

「違います」

もう一度出てきた叔父様の笑顔を慌てて打ち消す。

「これは常時発動している魔眼だ。意識的に使えば、あるものが見える」

「あるもの？」

そわそわしている私を見て、彼は苦笑する。

あれ？　ノエル＝フレイってこんな簡単に笑うキャラだっけ？

魔術的なことに関しては話をしてくれる人だったとは記憶しているが。

彼はツンデレ、仏頂面、人付き合いに価値を見出さないタイプ。

だが、魔術の話なら、割と語ってくれるし、本人なりに丁寧に解説してくれるので、気が短い人間ではない。

「魔力の粒子が見えるんだ」

「その能力、私の叔父様が聞いたら欲しがりそうですね」

「はっ、それを聞いたお前の感想が平和すぎて驚きだ」

脳内お花畑と言われた気がしてむっとしたが、フレイ様はなぜかほっとした表情をしている。

実は自らの目について話すのに躊躇いがあったのだろうか？

この事実はゲームでも明かされていない。つまり、ヒロインにも言っていないのだ。

誰にも言わずに秘密にしていたということだろうか？

ゲームと現実は違うと、改めて思ったと同時に、青ざめる。

もしかして私は人の秘密に無遠慮に立ち入ってしまった？

あまりこの話を続けるのも悪いと思った私は、話を転換しようとする。

「そう。叔父様で思い出したのですが。叔父様が私にまた大量の仕事を押し付けてきたのですよ。あんな穏やかそうな顔をしているけど、叔父様は私の体の状態が万全だと一目で見抜いたそうなのです」

「ああ。あの手の研究者は有能だからな。人の出来ること出来ないことを把握している。で、その分こき使ってくる。お前、倒れたんだろう？　三日前くらいに。医務室勤務なら、体調管理くらいしておけ」

「ごもっともです……。何の申し開きもありません」

「ああ。殿下がお前のことを心配していたからな」

それを聞いてまた罪悪感が首をもたげる。

「恐れ多いことです」

「……そうでもない。あの人はお前のこと、気にかけているようだな。僕にはどうでも良いことだけど。今も、こっちに気付いてる」

「あっ」

遠くにいるはずのフェリクス殿下と、今、確実に目が合った気がした。

まさか、中庭で私たちが会話しているなんて、誰も思うわけがない。

こちらにチラチラと視線を向ける殿下に、なぜだか少し嫌な予感がした。

「それより、その魔法薬だけど、ずいぶんと質が良いな」

「あっ」

私から薬瓶をかっ攫(さら)うと、太陽に透かして見ている。

「薬は僕が作るのが一番だと思っていたけど、これなら妥協してやっても良いぞ」

「……」

ええ!? あのフレイ子爵令息のお墨付き!?

魔術の家系だけあって、フレイは魔法薬を作るのもお手の物。

そんな彼に認められるのは、光栄なことだ。

彼に認められるということは、魔術界隈のお墨付きを貰うも同然だからだ。

少し誇らしく思いながらも、口にする。

「実は、私よりも叔父様……セオドア＝ヴィヴィアンヌ医務官の作る薬の方がさらに質が良いのです。最近は私が作っておりますが、さらに良質の薬をお求めならば……」

「いや、良い。彼は研究者だからな。邪魔したくないし、お前の薬でも十分だろう。まあ、僕には及ばないがお前もなかなかだな」

尊大な物言いに苦笑していれば、なぜかフレイ様は慌て出す。

「べ、別に悪口ではないからな。僕に及ばないのは普通であって、その中でもお前は僕の一歩後ろくらいを歩いているんだからな！　それはとても光栄なことで……って！　別に、慰めるつもりじゃなくて、単に事実を言っているだけだ！　何を笑っている！」

「ごめんなさい。フレイ様がお優しいので。私に言いすぎたと思ってくださったのでしょう？」

「なっ！」

急速に真っ赤になっていく様子は、普通の少年のように純朴だ。

そう。ノエル＝フレイという人物は、ツンデレ担当。生まれつき魔術が得意で、おまけに緋色の瞳を持って生まれたということで、迫害を受けることが多かったらしく、家族以外に接する時は不器用になってしまうらしい。

差別もしない、人を見かけで判断しないという性質なのだが、尊大な物言いのせいで誤解されている。

ゲームでヒロインのリーリエは素直でない彼の心を、その純粋で優しい心で癒していくのだ。

……まあ、それは良いとして。

なので、フレイ様については多くを知らない。魔眼の話も、そういう設定があることを聞いたことがなかった。

「貴方は人の悪口を言う方ではありませんから。……口は悪いですけど」

悪戯めいた笑みを浮かべてしまった。

何かからかいたくなると言ったら申し訳ないけれど、彼にはそういった親しみやすさがあると思う。

最後に付け足した一言に怒るかと思っていたけれど、彼はなぜか固まっていた。

顔が真っ赤なまま。

怒ったまま硬直したのかと思いきや、目に怒りは見えない。

そして数秒後、フレイ様はムキになった。

「お、おおおお男をからかうのは止めろ！」

分かりやすく拗ねてしまったらしく、つーんとそっぽを向いている。

どうしたものかと苦笑しつつも、私が百パーセント悪いので、文句は言えない。

目を合わそうとしても体ごと逸らされ、視界に入る度にそれを繰り返すので、先ほどから私たちはグルグルと回転している。

傍目から見たらおかしな光景だと思っていたところ、やはりと言って良いのか、聞き覚えのある甘い声が耳に入った。

「ノエルが人とお喋りしているのって珍しいね。それにそういう顔をするのも初めて見たよ」

「殿下。ご機嫌よう」

幼い頃から慣れ親しんだカーテシーを披露する。

殿下とはあれ以来、申し訳なくて普通に接することが出来ない。なるべく不自然にならないように距離を空けている。

つまり私の方が一方的に線を引いている形だったが、元々医務室以外では交流がなかったので、幸いにもバレていない。

「殿下か……」

さすがに王族を無視するのもどうかと思ったのか、フレイ様は億劫そうにしつつもこちらに向き直った。

フレイ様は公式の場以外では、どうやら殿下に割と適当な対応をしているらしい。

不敬だと咎められないのかと私の方が不安になるが、フレイ様の場合、話すら出来なくなるのは困るので、ある程度は許容されているのかもしれない。

面倒だと思ったら黙り込むタイプなのだ。だからこそ、私と会話が成立したことは驚きと言っても良い。

殿下が気になっていたのも、そういうことかも。

先ほどから、こちらの様子をチラチラと窺っていたのは承知していたが、まさか特攻してくるとは思わなかった。

ええと、ヒロインを置いて来て良かったのかしら。

どう見ても日常イベントシーンに見えるのだけど。

「君たち、仲良かったんだね」

「別に、そんなんじゃない。仲など良くない！」

「そうですね。フレイ様とは今、知り合ったばかりなので。あまり話す機会はないと思います」

フレイ様の場合、好きな子以外に馴れ馴れしくされるのは苦痛のはずだし、実際他人に近いだろうと思ったので素直に肯定したら、なぜかフレイ様は愕然(がくぜん)としていた。

「そ、そういうことはあるかもしれないが！　べ、別に僕は二度と話したくないとか思っているわけでは」

なぜ、序盤でデレた？

彼は分かりやすいので、友達相手にたまにデレる。他人扱いすると拗ねるし、かなり引きずるタイプ。

もしかして、魔術関係の話をしたから友達認定されたとか？

殿下が驚いたように目を見開いている。

驚いた顔も彼の場合、様になっている。さすが王子だ。

「お前。確かレイラと言ったな。僕のことはノエルと呼べ」

「はい？」

「疑問符はいらない！」

「はい！」

何、この問答無用で一歩も譲らない感じは。

「じゃあ、ノエル様……」

「様はなしだ」

「ええ……」

いくらなんでもそれはと思っていれば、先ほどから見守ってくれていた殿下が口を挟む。

「そういうのは強要するものじゃないよ。ノエル」

ん？

殿下の様子がおかしい。声が、いつもと違う。

くるりと振り返って納得した。

同い年とは思えないほど大人びているせいで、普段は私よりも三つほど年上に見える殿下だけれど、今の彼の表情は幼い。

男の子が拗ねたみたいな。

何やら不満が渦巻いているらしく、それを見ているだけで私が不安になってくる。

もしや、私が何かやらかしたとか？

表面に社交用の笑顔を貼り付けつつ、内心冷や汗をかいていたら、殿下は予想外のことを言い出した。

「前々から親しくしていた私ですら、名前で呼んでもらってないのに」

え？　そこですか？

拗ねるようなフェリクス殿下の様子を見て、呆気に取られたのは私だけではなかったらしい。

「へえ、あんたでもそういう顔するんだ……意外」

「私のことを何だと思ってるんだ」

やれやれと肩を竦めている。

とりあえず、すすす……と距離を取っていたのだけど、見逃してはもらえなかった。

「私のことを名前で呼んで欲しいなあ。貴女のことを友人だと思っていたのだけど、一方通行だと少し悲しいかも？　なんなら、貴女のこと、これからレイラって呼ぶから」

「私のことは好きにお呼びください。……私ごときが殿下のお名前を口にするのは少々図々しいかと思います。他の生徒さん方への示しがつきませんし。一応、これでも助手として働いている身の上ですので」

よし。言い切った！　まともなことを言っていると思うんだけど。

「そう。それ、すごく気になっていたんだよ。私ごときがと言うけど、貴女は伯爵令嬢。おまけに今度、ヴィヴィアンヌ伯爵は侯爵の爵位を賜るとか聞いたけど。貴女の父上は商業界で活躍されているし、財務大臣として多くの者から慕われている。そんな伯爵の娘であるレイラは、王族との結婚を望まれてもおかしくないのに」

「……」

私はただニッコリと笑顔でいることしか出来なかった。

内心はガクガクブルブルと震えていると言っても良い。

伯爵令嬢のレイラがゲームの中でフェリクス殿下と婚約出来た理由がまさにそれであった。

「政治的バランスも申し分ないというか。中立派でどことも癒着していない時点で最有力候補だよ。むしろ婚約——」

「殿下！　私は！　もう既にここで働いている身の上ですし、社交にもあまり出ておりませんので！」

ああああああ！

何を言おうとしているのか！　止めてくれ！

『ご主人、落ち着け。手が物凄く震えているぞ』

手元の瓶が揺れてガチャガチャと音を立てている。

「社交？　レイラは礼儀作法の授業を歴代最高点で卒業したとか聞いたのだけど。さらに、我が国の歴史、政治、経済の授業も全て完璧だったと聞いたよ」

そりゃあ、引きこもって死ぬ気で勉強していれば、そうなるでしょうよ。

子どもの脳みそを舐めないで欲しい。ぐんぐんと吸収していったのだから。

『ご主人は、すぺっくとやらが高いのだな。だが、引きこもり』

ルナの一言にグサリとクリティカルヒットを受けつつ、私は思い直す。

そうよ。私は、そもそも社交的な性格をしていないのだから。華やかな性格をしているわけでもないし、こういう特殊な立ち位置でなければ友達も出来なかったはずだもの。

「必死だな、王子」

「悪かったな」

ノエル様とフェリクス殿下の気心知れたような男の友情に心をときめかせつつ、さていったいどうしたものかと懊悩してしまう。

「というか、レイラ。お前、名前ぐらい呼べば良いだろ。王子公認なら問題ないだろう。それで、僕も呼び捨てにしろ！」

「ひぇっ！　嫌です！　どうか、一線を引かせてください！」

悲鳴のような私の声に何を思ったのか、くつくつと笑うノエル様。

逃げ場がなくなっていくのを感じていたところ、救いは現れる。

「フェリクス様！　それにノエルくん！　こんなところにいたの！」

彼女は見事に都合の良い瞬間に来てくれた。

我らがヒロイン、リーリエ様である。

「リーリエ嬢。私たちのことは気にしなくて良いのに。ハロルドたちは向こうにいるだろう？」

「皆で一緒にいた方が賑やかで楽しそうじゃない？　フェリクス様がいないと寂しいよ。ノエルくんも一人でいるよりも皆と一緒にいようよ。私たち、縁があって仲間になったんだから」

「いや、僕は仲間とか興味ない。必要な時は守るんだから良いだろ。僕に構うな」

ノエル様はツン成分が多すぎる。

そこにデレがあるのか、本当にツンだけしかないのか。

虫でも追い払うようにリーリエ様を手で追い払って邪険（じゃけん）にする。

「私、知ってるよ。そうやって言っていても、ノエルくんは私を守ってくれるって。そんな優しいノエルくんのこと、私はもっと知りたいと思う。まずは一緒にいるところから始めようよ」

まるで聖女のごとく満面の笑みを浮かべるリーリエ様は、少しだけ照れていた。

ノエル様の一言に屈しないのはすごいなあと純粋に思う。

そうそう。こうやってリーリエ様の笑顔に絆（ほだ）されて、この後ツンデレを発揮して……。

「命令だからな。それ以外に理由はない」

あれ？

「守れと言われたから守る。それだけだ」

おかしい。なぜ、ノエル様は顔を赤らめていないのか。声が無機質なのか。

ゲームと一言一句、台詞は同じなのに、彼の台詞には熱がなかった。

ええ……。前世の記憶の中では、ノエル様は顔を真っ赤にしながら「命令だからな！」と言っていて、典型的なツンデレを披露してくれなかったっけ？

おまけに有象無象を見るような冷たい緋色の瞳。

正直、彼の「関わるな」がここまで怖いとは。

「そ、そこまで酷くしなくても良いのに……。私はただノエルくんと仲良くしたいの。ニコニコ笑い合えたらって思って……ううっ……」

リーリエ様が目をうるうるとさせて……。

ちょっ。泣かした⁉

大きな涙の雫をボロボロと零し始め、私もこの場から去りにくくなった。

『貴族令嬢がここまで感情を顕わにしても良いのか？　ご主人ならこうはなるまいに』

いやいや。私の精神年齢は、一応社会人並みなわけで。私と比べちゃダメだって。

前世では就職もして、自立して一人暮らしをして、立派な社会人として働いていたし、子どもも時代に散々迷惑をかけていた両親に毎月仕送りを送るぐらいには生活も安定していた。親孝行はし足りなかったけど。

両親と海外旅行に行くために貯金していて、後もう少しというところで、事故に遭って死んだせいで。

「ああ、もう。ノエル、女の子相手に言い方は考えて。……リーリエ嬢。とりあえず向こうに戻ろう。……はぁ、ノエルの口が悪いことは周知のことだから気にしないように」

殿下が涙を零すリーリエ様の肩を抱いて連れて行こうとする。

「でも！　っひっく！　……レイラさんとは普通に話してた！」

待って。何で私巻き込まれた。というかいつから見てたの。

『あー……』

面倒そうなルナの声。

胃の辺りがチクチクする私。

リーリエ様の顰蹙(ひんしゅく)を買うのは嫌だ。

明らかに破滅フラグっぽいではないか。

何か言い逃れ……とか考えていたら、頭の中で名案がピン！　と閃いた。

「リーリエ様。これは、商談です。商人と商人の秘密の取引。契約です。下世話な話、お金儲けの話をさせていただいています。決して、趣味の話でもなければ何でもなく、対等な関係の上に成り立つ取引！　そう！　錬金術で言う等価交換！」

「え？」

リーリエ様が唖然としたように目を見開いた。

「仲が良く見えるのも当然！　私たちはお金で結ばれた仲なのですから！　金の切れ目が縁の切れ目なのです」

「無茶ぶりすぎ――」

何か言おうとするノエル様に視線で「お願いだから黙れ」と威圧すると彼は黙った。

視界の隅でなぜか殿下が肩を震わせている。

爆笑していらっしゃる……。

「レイラさんは、お金に困っているの？」

貴族なのに……？　と言いたげな視線に、私は人差し指を立てる。

「薬の素材はお金がかかるか、手間がかかるか、そのどちらかなのです。例えばですけれど、月花草などある一定の条件下でしか咲かない花などは、採取に手間取るのです。その分、仕入れ価格も高額。もちろん、効果は万能だったりするのですが」

そう。あの時、ケチって採取になんて行かなければ……と、私は遠い目になった。

「そうなの。それでレイラさんは……」

「ええ。私はこれでも助手ですからね。研究のための採取の時間が取れない場合、購入するしかないので、お金はあるならあった方が良いのです。そして、私はこの年でしょう？　年が近いおかげで生徒相手に取引を持ちかけたとしても、なんとなく許されそうな気がしましたので、つい」

とりあえず打算しかないですよ！　と言わんばかりの説明に、リーリエ様は納得したらしい。

すっかり泣き止んだ彼女は私に向き直ると、胸の前で手を組んで、うるうるの瞳で私を見つめる。

「お金だけの関係性なんて……。そんなのノエルくんが可哀想だよ。レイラさん。友情はお金で買えないよ？　レイラさんも友達が出来ると良いね」

「……ごもっともです」

なぜだろう。汚い大人になってしまった気がしてならない。

良いもん。良いもん。友達くらいいるもん……。

と、思い返してみると、引きこもっていたせいで同じ年代の友達がいないことに気が付いた。

なんたること……。

『ご主人、ご主人。そなたには私がいるぞ』

どうしよう。ルナに同情されてしまった。

とりあえずニッコリ笑って二人を見送っていれば、殿下が振り向いた。

ん？　なんて？

口パクで『あとで』と言っているようだった。

二人が遠くまで行った後、肩をトントンと叩かれる。

「例の魔法薬。言い値で買うぞ」

「え？　本気ですか？」

完全に出たとこ勝負の口から出任せだったのに。

何やら、楽しそうな笑顔のノエル様。

この人、こんな顔出来るんだ……。

「まさか、とっさにあそこまでハッタリをかます奴がいるとはな。巻き込まれたくないと顔に書いてあって少し面白かった」

私は笑い事ではない。

ヒロインに睨まれたら破滅してしまいそうだから。

「まあ、これからは取引相手になるからな。さっきみたいな面倒なことがあったら僕が取り成してやっても良い。……か、勘違いするなよ!?　お前との取引は都合が良いし、お前に問題が起こって便利な魔法薬が買えなくなったら不都合だと思ったからであって、別にお前を煩わしさから守ってやろうとか思っているわけではないし、僕はそこまで優しい人間ではないからな!? ……そう、気まぐれだ！」

「あら。私の作った薬を、便利と仰ってくれるのですね？」

「こ、言葉の綾だ！　授業が忙しい僕の時間を確保するためだ！」

『こいつ、分かりやすいな』

ルナは今日も鼻先をフンフンと出して、ノエル様をそう評した。

ノエル様が薬を調合しているのは、彼の家の領地で行われる魔術訓練に使う魔法薬のためらしい。実は学園に来てから自由時間が失われ困っていたところに、私の提案。

それはもう渡りに船だったらしい。

どうも、ノエル様レベルの魔法薬を作れる者が見つからなかったらしい。

私より叔父様の方が調合技術を持っているのだけれど、叔父様の手を煩わせるのは気が引けたらしい。

まあ、叔父様にしか出来ない仕事があるものね……。

「今度の実技演習のために魔法薬を大量に調合するので、その時に納品するものも調合させていただきますね」

「ああ。訓練用魔獣を倒すというアレか」

「ええ。一年生はそろそろでしょう？」

一年生にとって、初めての戦闘訓練が近々始まるのだ。

第六章　突然の接触事故

私は、助手として働き始めてから、職員寮の一室に住み込んでいる。

学園内にある生徒たちの食堂よりも小さいが、それなりの大きさでそれなりに充実している職員食堂で朝食を済ませ、この日も余裕を持って出勤。

医務室の奥の個室でなぜか住み込みしているセオドア叔父様が起きる前に出勤するのがいつもの流れだ。

ガチャリと鍵を外から開けて、灯りを付けようとして衝撃を覚えた。

「叔父様が起きてる!?」

普段ならばこの時間に起きているはずもなく、たとえ起きていたとしても個室に閉じこもり気味の叔父様が、医務室にいて、あまつさえ在庫の整理をしていたからだ。

「貴方は叔父様？　叔父様が仕事に真面目なわけがないわ」

私と同じ髪色を持つ優美な男の後ろ姿は、いつも以上に大人だった。

くるりと振り向いた叔父様の顔を見て、私は息を飲む。

それは覚悟を決めた人間の表情だった。

「毎年恒例、一年生の初めての実技演習——模擬戦闘の時期がやって来ました……」

「叔父様、どうしたの？　顔が……」

「一年生の消耗率や損耗率は軽微とはいきませんので、僕たち医務室の人間や教師陣にとっては試練の時なのです……」

え？　何か悲壮な雰囲気が漂ってきたのだけど⁉

「あと三日しかないので、今日から、僕たちはひたすら薬を作り、ひたすら薬を詰め、学園内の空き部屋にひたすらベッドの設置をするのです……」

「え、でも怪我が多いのは、一年生だけではないですか？」

「甘い。甘いですよ！　レイラ！　一年だけではない……久しぶりの本格的な模擬戦闘に全身の血を滾(たぎ)らせた戦闘狂たちが台頭するのです……。そう、僕たちの存在意義は、薬をひたすら作ることなのですよ。……なぜか、本番前だというのに怪我人が殺到するのです……」

そういえばゲームでもそんな授業があった気がするけど、この立場にならなければそんなこと知る由もなかった。

「レイラは一通りの調合を学んでいると思いますが、とりあえずはよく使う回復薬を担当してください。僕は厄介な状態異常の解呪薬を作りますので」

「わ、分かった」

叔父様が素直に調合しようと机に向かっている⁉

天変地異(てんぺんちい)の前触れだ。

「さあ、地獄の始まりですよ、レイラ」

叔父様の目は既に死んでいた。

叔父様の宣告通り、私は依頼書を見て目を剝いて、それから無言で作業をすることになった。

ゴリゴリという草をすり潰す音と、沸騰させる水の音、帳簿に記録を付ける羽ペンの音しか響かせずに、ひたすら作業を進める。

弱音を吐きたくもなるが、それをするくらいなら少しでも作業を進めなければならないと瞬時に悟るくらいには、依頼量が多かった。

笑えない。

『ここで私はそなたたちを応援している』

視界の端で黒い狼が尻尾を振っているのを見て少しだけ癒された私と、色々な意味で大いに癒されたのか口元を緩める叔父様。

二人と一匹？　の修羅場が始まり、ひたすらすり潰し、ひたすら煮沸させ、ひたすら抽出し、ひたすらエキスを浸透させている中、ついにそれは来た。

コンコンコン。

「失礼しますー！　開いてますか？」

すなわち、患者や客である。

『ふむ。ここは私が迷える客の相手を務めてしんぜよう』

「え？　ルナ？」

黒い狼に闇色に光るオーラのようなものが密集し、一気に弾け、圧倒的な力が瞬間的に膨れ上がったのを肌でも感じた。

狼のシルエットが一瞬で消え去り、そこには割と高めの身長を持った青年が佇んでいた。

すっきりとしたシルエットを持ち、清潔な白いシャツの上に、白衣を着た青年。

「え？　ルナ？」

「どうだ？　ご主人？」

人間の姿に変身した⁉

ふわふわの黒髪に、金色の魅力的な瞳。眉目秀麗でどこかミステリアスな青年が目の前に立っている。

自らの手をグーパーと開いているのは、身体に慣れていないからだろう。

ルナが人間に変身する瞬間を目の当たりにした叔父様は案の定興奮していた。

「なんったる‼　これは、これはこれは！」

「良いから仕事をしろ！　私が接客をするから、義務を果たせ！　発注をこなせ！」

ルナは叔父様を一喝し、叔父様はとりあえず仕事に戻るが、後で触らせてもらおうとでも思っているのか、目には光が戻っていた。

とりあえず、私も目の前の作業に専念だ。

「じゃあ、ルナ。お願いします」

「まかせろ、ご主人」

その声は低く艶やかな響きをした美声だ。

そして彼はニコリともせず、真顔で請け負った。

へえ。人間時は仏頂面なのね。

普段も笑ったりはしていなさそうだ。狼の見た目だと顔の表情が分からないため、人間になったら幾分か分かるのかと期待をしていたのだけど。

コツコツと足音を立て、私たちが部屋の奥で調合をしているところから遠ざかって行く。

この部屋は、調合スペース、来客スペース、患者の寝るベッドのスペースなどと区切りをされている。部屋の中のどこにいようとも叫べば指示を飛ばすことが出来るのだけど、叔父様みたいに一人で行動しているなら無用な機能でもある。

とりあえず少し遠く——恐らく部屋の入口付近から声が聞こえる。

「少年よ。怪我か、病気か？　単刀直入に答えよ」

「え？　どなたですか？　レイラさんは——」

「私は臨時の手伝いみたいなもの。もう一度問う。何用か！」

「レ、レイラさんは？」

私に用があるのならと立ち上がろうとしたところで。

「レイラとセオドアは今日から修羅場の調合地獄期間らしい。息をつく間もなく薬を作らなければならないので、よっぽどの事情じゃない限り、私が手当をする」

「えっと、指先を切っただけなので、別に良いです」

「遠慮はいらないぞ」

ほれほれと言いたげな弾んだルナの口調から、彼がこの状況を少し楽しんでいることが分かった。

姿が見えないが、その声から割と乗り気なのは分かる。

「いや！　良いです！　医療用絆創膏だけいただければ去るので！」

男子生徒をルナはまず一人追い返した。

次は、女子生徒だった。

「ええと。お兄さんかっこいいですね？　お名前とか……」

ルナのイケメン具合に見とれたらしい彼女は、アプローチを試みて。

「用がなければ帰れ。空気を読め。お喋りをしたいだけなら通り過ぎろ」

「す、すみません！　はい！　帰ります！」

見事にぶった切られていったのである。

その威圧感には魔力が若干込められており、番犬効果は抜群だけど、少し色々と突っ込みたい。

少しだけ声を張り上げる。

「ルナ！　本当に用事があるかもしれないのだから、あまり邪険にしたらダメ。もっと丁寧に！」

「ふん。本当に用事があるのかないのか、それくらい見ていれば分かる。どす黒い精神状態の者は通すから安心しろ」

「ほほう。精霊は人の精神状態を……」

ここで叔父様が何かを言おうとして、私とルナは同時に一喝した。

「叔父様、仕事して！」

「そこの人間仕事をしろ！」

叔父様は黙り込んだ。

そして、長い時間が経過し、ついに彼らはやって来る。

ドアを軽快にノックされ、ルナが「何か用か」と不遜な声で迎えた。

「あれ？　貴方は？」

「初めて見る顔だな」

フェリクス殿下とハロルド様が入室したのだ。

先ほどの不遜な態度を見ていた私は、ルナが何か頓珍漢な発言をするのではと不安になり、慌てて手元の薬を混ざらないように除けてから、ドアに向かって突進した。

「ルナ！」

彼が何かを言う前に、その腕をガシッと摑んで、自分の方へと引き寄せる。

「……お二人とも、少々お待ちいただけますか？　少し、この者に話がありまして……。よろしければ奥の席にかけていただければ！」

とりあえず、ルナをお二人の前から遠ざける。

訝しそうにこちらを見る殿下と、特に何も感じていない様子のハロルド様の温度差。

彼らからルナを引き剝がし、少し背伸びした私は、ルナの耳元に口を寄せた。

「もしかしてと思うけど、追い払うつもりだったとか言わないわよね⁉」

「そのつもりだったぞ、ご主人」

ほら！　だと思った！

ルナは、調合を優先させるために、雑談目的の者たちを全て追い払うつもりだったらしい。

「いくらなんでも不敬よ」

「身分制度とは面倒だな。私たち精霊よりもタブーが多すぎる」

この様子だと敬語や尊敬語すらも忘れていそうである。

二人が奥の席へ着くのを眺めようとして、視界の端でちらりと見えてしまった。

で、殿下の顔が険しいのは、気のせいよね？

私の顔から血の気が引いた。

監督不行届だ。主である私が教育すべき案件だったのかもしれない。

先ほどまでの生徒は気を悪くしなかったから良いものの、高位の貴族の場合、非常にまずい
ということにいまさら気付く。

「に、睨みつけたりしていないわよね？」

「煩わしいなと思ったから、顔に出ていた可能性はある」

「ええ⁉」

ルナの白衣をぎゅっと握りつつ、ずいっと迫り、声を潜めて窘めながら、一つだけ要求しておく。

「もう、全ての人に敬語や丁寧語でお願い。生徒だろうが誰だろうが！」

最初からそう頼んでおけば良かったのだ。

「わ、分かった」

美麗な顔を戸惑わせているルナは心なしか幼く見えた。

「む……。悔しいことに顔が良い……」

「そうだろう？」

そしてこのドヤ顔である。狼の姿の時から美声だとは思っていたが、人間の姿になるとその美声と麗しい顔が相まってすごくモテそうだ。

「あと、笑顔もお願いね」

「む……笑顔か」

「こういう感じでお願い」

お手本のように私は穏やかな微笑みを浮かべてみる。

「なるほど。正面から見ると、そなたは可愛いな」

ルナの真っ直ぐな言葉に他意はないのだろうが、そんな言葉を向けられると照れてしまう。

私は照れを誤魔化すように笑う。

瞬間、ガタンと音を立てて誰かが立ち上がった。

「え？」

「ん？」

音の方向に私とルナが目を向けると、ちょうどフェリクス殿下がこちらに複雑そうな表情で向かって来るところだった。

「あ、殿下。お待たせしてしまって――」

少しでも待たせてしまったことを申し訳なく思いながら、応対しようとした。

「レイラ嬢。ちょっと来て」

「殿下？　え？」

殿下にしては珍しく、私の腕をぞんざいに摑んだ。

「少し、話したい。そこの君、彼女を借りるよ」

「ああ、分かった――です」

無愛想に頷いた後に、取って付けたように「です」を足すルナ。

不自然だが、とりあえず改善する気はあるらしい。

「ええ？　これはいったい？」

「良いから来て」

「……はい」

じろりと睨まれてしまった。フェリクス殿下に。今まで睨みつけられたことなどなかったので、怯んでしまう。

先ほどから、声も普段より冷えているような？

ガチャリと乱暴にドアを開けられ、パタンと医務室の外に連れ去られる瞬間、来客用ソファに座っていたハロルド様が何かを呟いた気がした。

「これが修羅場か」

フェリクス殿下に手を摑まれ、廊下を大人しく連行されて行く。

なぜこうなったのだろう？

殿下はさっきから一言も口を利かないし、手首を摑む力が強くて若干痛い。

「あの、殿下。どこへ？」

「良いから」

「私、何かお気に障ることを……してしまったのでしょうか？」

何て問いかければ良いのか分からず、珍しく私の声は震えていた。

「怒ってない」

いやいや！　怒ってますって‼

無機質な物言いが物凄く怖いし、さっきからこちらをチラリとも振り返らないし。

だんだん人通りが少なくなり、薄暗い廊下の奥へと連れて行かれているのも非常に恐ろしい。

不敬で罰されるのか、これがゲーム補正というものなのか。

でも、レイラはヒロインのライバルっぽいポジションだけど、そこまで引っ掻き回しているわけじゃないのにな。死ぬけど。ほとんどのルートで死ぬけど。

あまり人がいない奥へと連れ込むのはどうかと思ったのか、殿下は急に足を止めた。

「え？」

トン、と背中が壁に押し付けられ、気付けば殿下の腕の中に囲まれる形になっていた。

なんて恐ろしい壁ドンだろうか。

見下ろす碧（あお）の目は少し不機嫌そうで、トキメキとかそういうドキドキではなく、無事に明日を迎えられるのか不安になってくるドキドキを感じる。

なぜこんなにも不機嫌なのかと思っていたら、殿下は無表情のまま、私に問いかけた。

「あの男は誰？」

「はい？　もしかして、ルナのことですか？」

「ルナという名前なのか。さっきの黒髪でくせっ毛の男は。レイラ嬢……いや、レイラって呼ぶと決めたんだった。……レイラとすごく仲が良さそうだった。貴女があんなに砕けた口調で話すのを初めて聞いた」

なぜ、そんなことを質問されるのか分からなかった。

記憶は私が消してしまったから、彼に恋をされているわけではないはずなのに、こんなのまるで嫉妬みたいだ。

何て答えるのが正解なのだろう？

当たり障りなく無難な答えとしては……。

「私の家の使用人です」

これが一番だろう。あんなに笑顔を向けて、親しそうにしていたのに？　それにしては、仲が良すぎる。

「使用人？　距離感も近すぎると思うんだけど？」

「そうですか？　普通だと思うのですが……」

「あれが普通？　昔からの使用人なら、気安いのも分かるけど。貴女は少々無防備なのでは？　いくら知っている人間だからって、令嬢である貴女があそこまで距離を詰めていたら、誤解されて襲われることもある」

「……相手がルナだから気を抜いていただけです。一応私も幼い頃から教育は受けておりますので、男性とは一定の距離を置いています」

「相手があの男だから？」

なぜ、先ほどよりも険しい顔つきなの⁉

過保護モード全開で、壁ドンしたまま説教されているこの状況。

白熱しているのは分かるけど、距離が近いのは貴方もですよと物凄く言いたい。

物凄く指摘したいが、さすがの私も火に油を注ぐと分かっているので、神妙に頷くしかなかった。

殿下が大人と子どもの境目である年齢とは思えないほど大人っぽいせいで、まるで年上の男性に迫られているような感覚に陥る。

こんなことを考えているって知られたら、完全に失礼すぎるけれど。

「……ん？」

壁に押し付けて説教のような何かが繰り広げられている最中、ふと殿下は顔を上げた。

チラリと殿下の視線の先を追って見てみると、ピンクブロンドの髪の女生徒がこちらに向かってくるのが分かった。

遠くから走ってくるシルエット。目は良いので誰だか分かったのもあるけれど、そもそもこんな静かすぎる空間で一人走っていると、さすがに気付く。

あれ、リーリエ様じゃない？

我らがヒロインは、私が困っている時にいつも現れる。

内心、この状況から救われると期待していたのだが、殿下の動きも俊敏だった。

私の許可を取る間もなく、すぐ目の前の空き部屋に入って、後ろの方の掃除用具入れの中に入ると、なんと私まで引きずり込もうとする。

第一王子が、掃除用具入れの中。そこそこ広く二人は入れるくらいの大きさだが、掃除用具入れは掃除用具入れ。

なかなかシュールなシチュエーションだが、どうやら彼はリーリエ様に見つかりたくなかったらしい。

「ちょっ、殿下。なぜ隠れるのですか⁉」

「なんとなく」

「待ってください！」

「しっ。気付かれるから」

とっさに私が黙ると、腕をぐいっと引っ張られる。

「待っ――」

強引に掃除用具入れの中へと引きずり込まれ、ぐっと抱き込まれた。

抵抗しようとした弾みに、カシャンと音を立てて眼鏡が床に落ちる。

それを拾う間もなく、慌てて扉を閉められて、気付けば閉所の暗闇の中。

待って！　眼鏡！

素顔が落ち着かなくて若干パニックになった。

「やっ……！」

「レイラ、落ち着い――」

二人して顔を合わせようとしたのが悪かったのかもしれない。

私は慌てて顔を上げて、そして。

何か柔らかくて、しっとりとしたものが唇に当てられていた。

生暖かい人の肌の感触と、湿った息。

殿下と私の口元がしっかりと合わさっている時点で、何が起こったか分かった。

事故が起こった。

「……っ」

「……」

お互いに息を呑んで固まって、唇を合わせたまま動けなかった。

遠慮がちな呼吸は伝わるものの、暗さと近すぎるせいで表情は分かりにくい。

なのに、熱い視線が私を捉えているのが、分かってしまう。間近に見える碧に吸い込まれてしまいそうだ。

そんな中、空き部屋を開ける音と共に誰かが入って来る気配を感じた。

非常にまずい状況だと頭の中で警報が鳴っている。

ドクンドクン、と心臓が音を立てているし、抱き込まれたままのこの状況にも危機感を覚えているのに、私たちは動けなかった。

「今、誰かこの部屋に入っていったような気がしたんだけどなー？」

「……ぁっ……」

リーリエ様の無邪気な声に体が震えていると、殿下はなぜかぎゅっと私を抱き寄せる。

「うーん。今日はフェリクス様もいないし、ハロルド様もいないしつまんないよ。どうしよう？　私、抜け出して来ちゃったのになー」

どうやらローテーションか何かで護衛をしているらしく、フェリクス殿下たちに会いたいがために抜け出したらしい。

それはまずいのでは？

殿下も呆れているのか、溜息が唇越しに伝わってくる。

止めて！　息が……なんかすごくやらしい感じがする！

リーリエ様の靴音が間近から聞こえてきて、恐怖で震える。

もしも、この掃除用具入れを開けられてしまったら、狭いところで密着してキスしている場面を見られてしまう。

そんな私の恐怖を知ってか知らずか、私の後頭部に添えられているフェリクス殿下の手にわずかに力が込められた気がした。

「……っん」

びくり、と震える自分の身体。

な、何か少し後頭部を引き寄せられているような気がするのは気のせい!?

わずかに、本当に少しなので偶然かもしれないけど、ほんの少しキスが深められているような、いないような？　いや、自意識過剰なのかもしれないけれど！

「さすがにこんな奥にはいないよね。つまんないなあ……」

とりあえず楽しいとかつまんないとか、そういう基準で行動してはいけないのではないだろうか？　と至極真っ当なことを私は思った。

この状況からの現実逃避なのは知っている。

「んんー？　医務室にいたりしないかな？」

当たりと言えば当たりである。

たたたっと軽やかに去って行くリーリエ様の足音と、ドアが閉まる音。

やっと行ってくれた！

「……」

「……」

顎をずらして、重なっていた唇をそっと離す。

「ごめん……」

「い、いえ。お互い様ですから……」

ふと脳裏に過る記憶。

そういえばフェリクス殿下ルートでは、事故チュー回があったのだ。

似たようなシチュエーション。フェリクス殿下とリーリエ様が話している最中に、他の攻略対象がこちらに来るのを発見した殿下は、二人きりでいたいと無意識に思ったのか、空き部屋の掃除用具入れに彼女を引きずり込んで二人で隠れるのだ。

動機や相手が違うとはいえ、似たような展開。

まさか、これでリーリエ様とフラグ立たないとか言わない？　……いや、まさか、私が掻き回してる？

冷静さは残っているが、内心パニック状態に陥っていた。

先ほどとはまた違った意味で心臓がバクバクとうるさいのだ。

「レイラ」

「っ……！」

恥ずかしそうに私を呼ぶ殿下の声は、同時に戸惑いの色もあった。

そりゃあそうだ。好きでもない人とキスをするのは二次元でなら良いとしても、現実ではお互いに困る。

私だって、初めてのキスだったのだ。動揺くらいはしている。

ゲームの中だと事故チュー後、甘酸っぱい二人のシーンが挿入されており、そこから二人は意識をし始める。

このシーンはプレイヤーにたくさんのトキメキを与えてくれたが、現実はそう簡単ではない。

王族の唇を奪うとか、何たる不敬！　事故とはいえ、これは……これは。

違う意味で震えそうだ。

殿下に婚約者がいなくて本当に良かった！

「私、気にしませんので！　今あったことは、お互いに忘れましょう！」

「レイラ⁉　ちょっと待っ――」

それだけを伝えた私は、殿下が引き止めるのを振り切り、弾かれるようにして掃除用具入れから飛び出した。

殿下を置き去りにして、淑女らしさを忘れることはしたくなかったので、廊下は走らずにあくまでも競歩で逃げた。

医務室付近の廊下へと到着した折、私は壁に手をついて項垂(うなだ)れた。

「も、もう勘弁して……」

先ほどまで触れ合っていた唇を指先でそっと撫でながら、いまさらながらに恥ずかしくなってくる。

――キスってあんな感触なんだ……。

前世では色々あって、そういう経験は皆無だったため、私にとっては本当に初めての経験。

嬉しくはないけど。

乙女ゲームなのは分かってはいたけれど、そんなテンプレな展開は願い下げだった。

「あっ！　眼鏡！」

眼鏡を置き去りにして来たことに、やっと気付いた。

レイラが眼鏡を床に落としたまま逃げ出すのを呆然と見送った私は、混乱の最中にいた。

先ほどまで彼女の唇が触れていた自身の唇に、手の甲で軽く触れる。

口付けをしてしまった……。

わざとでは決してなく、完全に事故のようなものだったが、この事態を招いてしまったのは自分のせいで。

乙女の唇を奪ってしまうとは思ってもみなかった。

レイラに対する罪悪感と共に、甘美な満足感と理由の分からない切なさを覚えた。

一目惚れの相手がいるというのに、私は。

そして絶望感。

初めての相手が彼女で良かったと思ってしまったのはなぜなのか。

自分はなんて移ろい気味な性質なのだろうと、衝撃を受けた。そう思ったことはなかったけれど、女性に対して不誠実なのかもしれない。

そんなこと知りたくなかった。そもそも、レイラをここに連れ込んだのだって、ルナという従者に対しての醜い嫉妬だというのに。

それでも、使用人である彼にはレイラの唇を奪うことなど出来ないだろうと、多少の優越感もあったりして。余計に絶望したのだ。

レイラにとってはどうなのか分からないが、浮ついた噂など一つもない私にとっては、事故とはいえ初めての口付けだった。

狭く暗い場所に身を潜め、息を殺し、極度の緊張感に襲われながらも、レイラの柔らかな唇や控えめな甘い吐息を堪能していた自覚はある。

とっさのことでお互いに固まってしまったが、こちらにはほんの少しの下心が確実にあった。口付けを深めてしまったことに彼女は気付いたかもしれない。

だからレイラは、解放された瞬間、こちらに顔を見せることも眼鏡を拾うこともせず慌てて逃げ出した。貴族らしく立ち居振る舞いは優雅だったが、彼女は完全に動揺していた。

落ちていた眼鏡を拾い上げる。

「……？　これは」

どういう代物なのかは不明だが、魔術の痕跡を感じる。

普段から愛用しているだけあって何か意味のある魔道具なのだろうと納得し、それを理由に今から医務室へと顔を出すのも悪くないと頷いた。

レイラは、きっと先ほどのことをなかったことにしたいのだろうな。

暗かったせいで、彼女の感情を表情から読み取ることは出来なかったけれど、それをわざわざ確認するのは憚られる。

きっと怖い思いをさせたに決まっているのだから。

今までの仲の良い友人関係まで台無しにしてしまった気がして、顔を合わせて拒絶されることは怖くて堪らないけれど。

だけど、ここで弱気になったところで、事態は好転しないだろうし。

悩むくらいなら少しでも事態を把握して次の行動に繋げるために、すぐに切り替えよう。

感情はまださざ波みたいに乱れていたが、昔から感情と行動の切り替えは出来ていた。

レイラを相手にすると、今回のようにたまに狂ってしまうけれど。

レイラから事故をなかったことにされるのも悲しいし、避けられるのも苦しいが、引き下がるのも嫌だ。ちょうど良い距離感を見極めて、もう一度信頼を築き直せば良いのだと強引に納得させる。

うん。私は心臓に毛を生やしているくらいがちょうど良いんだ。

躊躇う気持ちがなかったとは言わない。

どの面下げてここに来たんだと自分でも思いながら、医務室をノックする。

医務室の中に入ると薬草の香が漂ってくる。

どうやら繁忙期らしく、わざわざ出て来てくれたセオドア医務官は、「こんな状況なので何のお構いも出来ませんが……」と一言添えて、先ほどレイラにも案内された来客用のソファを指し示してくれた。ハロルドが疲れ切った顔をして、茶を飲み、甘いものをつまんでいる。

思い切り和んでいるようにしか見えない。

「ハロルド様が先ほどからお待ちのようです。先ほどは色々とありましたが、まあ一息入れたところです」

「色々とあった……？　もしかして、リーリエ嬢が訪ねて来た……とかだろうか？」

「……よく分かりましたね？　ハロルド様が何度言っても聞かず、それを見かねたルナ……あ、あそこにいる使用人が、すげなく追い返しまして……本当に彼は容赦ないですね」

セオドア医務官は、なぜかキラキラとした目で彼を語る。

……ルナという者は、相当信用されているのだろうな。

でなければ、レイラがあそこまで気を許すわけがない。年相応の女の子らしい表情と、親しい者に向ける遠慮のない態度、彼に浮かべた微笑みを見て、私は衝撃を受けたのだ。

当たり前だけど、レイラがあそこまで屈託ない笑顔を向けてくれたことは一度もないなあと思った。

それを見て衝撃を受けて、なんだか胸の奥が痛み、行き場のない苛立ちや焦燥感を覚えて、気が付けばレイラを連れ出していた。それが先ほどの顛末である。

「レイラはいる？」

「ご主人なら、最終段階だと言って奥の部屋で薬を調合しているぞ」

一番聞きたかったことを口にすると、セオドアの後ろから、癖のある黒髪の従者が現れた。

そして付け加えるように私に言った。

「すまない。この国に来たばかりで、敬語とやらが上手く使えない設定――使えないのだ。気を悪くされる前に忠告しておく」

「私は気にしないけど」

周りの者がうるさそうだなとは思った。

「そなたは戻って良いぞ。ご主人が調合しているというのに、そなたが仕事をしないのは納得出来ないのでな」

「はい。分かりました！」

ルナを見つめるセオドアの目が非常にキラキラしていることが気になったが、それはまあ一旦置いておくとして。

「レイラは……何か言っていた？」

「ここに帰ってくるなり、ずいぶんと動揺していたのか、脈拍や魔力器官が乱れていたな。すぐに奥の部屋に籠って仕事を始めたから、特に問題はないと判断したが」

「そうか……。うん。……これ、レイラに渡しておいてくれる？　何かの魔道具みたいだから使うと思ってね」

「ああ、そういえば慌てていて落としたと言っていたな。届けてくれたのか。助かった。ふむ。特に異常はないようだな」

レイラの落とした眼鏡を渡すと、ルナはそれを検分する。

自分よりも背の高いルナを見て、言いようもない不安感と劣等感と焦燥感が込み上げてくる。

レイラはこの男といつも一緒なのか。

この感情は嫉妬だ。

自分が良く分からないまま、苛立ちが募っていく。

「ご主人は、訳ありなんだ」

「は？」

唐突に、脈絡のない言葉をかけられる。

「誰よりも強く一人で立つ気高さを持っているが、誰よりも傷付きやすく臆病なのだ。無意識に防衛しているのだろう。あの娘は人間の好意に酷く疎い」

「彼女が、怖がっている？」

この話はきっと本質的な内容で、今回の口付けで怯えてしまっているなどという単純な話をしているわけではなさそうだ。

ルナの様子からして、彼はレイラを心から案じているように見える。まるで保護者のように。

「本人が自覚しているかは知らん。……が、ご主人はなかなか心を開かない頑なな部分がある。そのくせ、他人のことは理解しようと懸命になるのは、酷く矛盾している。家族以外に心を開ける者が出来るのが最も好ましいのだが」

「それは、なんとなく感じていたけども」

彼女の怯えのようなものを感じ取ったこともあり、しばらく観察して気付いたのだ。

レイラが、周囲の者に一線を引いているということに。

ルナ曰く、それはどうやら怯えからきているものらしい。

「ご主人は繊細な性質だ。想像力もある。そのせいかは知らんが、他人に心を開けないくせに、悩み相談などということは出来てしまう。人を信用しないにもかかわらず、寄り添えるのだ」

「想像力……か。そうだね。レイラは想像力がある」

レイラが、相談されたり愚痴を聞かされる際に、悩むような仕草をしていたのを思い出す。

あれは、相談者の境遇を自分に当てはめて想像しているのだ。彼らの立場を完全には理解出来ないことを承知のうえで、想像して寄り添おうとしている。

他人の感情を完全には理解できないことを理解して尊重してくれるのだ。

想像。理解。尊重。それらは同情などではない何か。

だからこそ、レイラは多くの者に寄り添うことが出来ている。

それを毎回毎回繰り返す日々。疲れないわけがないのだが、話を聞くこと自体は慣れているらしい。

「人を信用出来ない……か。レイラは不器用なのに、器用だね」

「面白い精神構造をしているだろう？」

人をなかなか信用出来ない不器用さ。想像力がありすぎるゆえに寄り添うことが出来る器用さ。

なんて疲れることをしているのだろうと、前から思っていた。

「警戒心が強く、人を信用しない典型的な臆病者だ。だが、周りにはそうと気付かれていない」

「レイラは、ただのお人好しなんだろうね」

「そなたくらいだ。ご主人の上っ面に騙されていないのは」

臆病ゆえに人を信用しないという孤独を選択し、それと同時に、お人好しの彼女は人に寄り添うという友誼（ゆうぎ）の道をも選んだ。

それに気付く者はどれだけいるのだろうか？

悪意など一切なく、彼女にあるのは優しさだけ。

だから誰もレイラを警戒しないけれど、当の本人は他人を怖がっている……。皮肉すぎる。

「だから、そなたには期待しているのだ。ご主人は少々変わっているからな。求愛するなら、まず信用されるところから始めると良い」

「きゅ、求愛⁉」

「雄の部分を見せると逃げる可能性もあるから、努力してくれ」

ルナの言葉遣いはやはり独特だ。流暢（りゅうちょう）に話しているように聞こえるが、国が違うと言葉のニュアンスを合わせるのも難しいのかもしれない。

いやいや、そうじゃなくて！　それどころじゃなくて。……もしや、私の不埒な気持ちなど全てお見通しなのか？

こんなことを言い始めたということは、そうなのだろう。

私自身、感情を出さないようにしていたつもりだったが、やはり先ほどの行動があからさまだったのか。

思わず頭を抱えたくなった。

第七章　初めての模擬戦闘

何があったとしても月日は過ぎる。

事故チュー事件の後、必死に仕事をこなし続けたが、ノルマを達成してしまえばまた新たに仕事がやって来る。

そして、ついに模擬戦闘当日。

「レイラ、模擬戦闘を見に行ってはどうですか？　僕はここにいて来客対応をします。模擬戦闘には先生方もいるし、医務官としての仕事は少ない。少し手伝うだけですし、気楽なものですよ」

「良いのですか？」

思えば、叔父様の言葉を信じた私が馬鹿だったのかもしれない。

「念のため、これを持って行きなさい」

手渡されたのは、黒の大剣。私が持つには過ぎた代物だ。

その時点で疑ってかかるべきだったのだ。

模擬戦闘——授業で習ったことを駆使して戦闘訓練を行う行事だ。

模擬戦闘だけあって、人工魔獣というものが使われる。安全装置付きの訓練用ダミーである。訓練者が倒れたり、魔力が切れたりしたら自動で動きが止まる優れもので、これも叔父様が発明したらしい。

本人が修羅場と言っていただけあって、薬を調合する以外にも人工魔獣の調整などを行っていたらしい。

そりゃあ必死になるよね。

模擬戦闘は、学園内の演習場で行われる。体育祭の時にも使われる大きなフィールドで、観客席も設けられている。

至る所に魔石が配置され、中継映像が各地に送られるようだ。

前世のスポーツ観戦みたいな雰囲気だが、いかんせん広い。

入口が分からなくて迷ってしまったりもしたが、なんとか辿り着く。

まだ生徒は集まっておらず、教師陣のみが何か作業をしている。

そんな折、重い大剣を持っていた私に話しかける人物がいた。

「あれ？　君が、兄上の言ってたレイラちゃん？　その年で働いてるんだー。しかも可愛い。眼鏡取ったら美少女っていう感じ？　骨格とかパーツの配置からして、確実に美少女だよね、君」

親しげに声をかけられ、不躾な視線ではないけれど、じっと観察された。

「……ご機嫌よう」

意外な人物に話しかけられ、内心私は驚いていた。

まさか私に声をかけるとは。それにしても、なぜここに？

「なぜ、ここに？　って思った？　俺はまだ本格的に学園入学はしていないからね。だからどこでも入り込める」

ユーリ＝オルコット＝クレアシオン。

金髪碧眼の長髪姿に甘いマスク。人懐っこそうに細められた猫のような瞳。

攻略対象の一人だ。第二王子でフェリクス殿下より一つ年下。

本当は来年学園に入学する予定だが、ヒロイン、リーリエの入学時期に合わせて、学園預かりとして一年早く滞在することになったらしい。

リーリエ様の護衛扱いとのことだが、王族を護衛にするとはいったい……？

大方、王家と光の魔力の持ち主の関係を深めておきたいという政治的な理由なのだろう。

フェリクス殿下たちも護衛に加わり、リーリエ様の周りは完璧な防御力を誇っていると言っても過言ではない。

彼の特技は情報収集。チャラい……ではなく、その人懐っこさを武器にして様々なところから話を聞き出す情報屋。独自の情報源を持っている。

友好的で人に警戒心を抱かせない彼は、様々なパイプを持ち、一見すると危なそうな女好きのチャラ男に見える。

だが、この男の本質は真逆だ。

「兄上の活躍を見ておこうと思って、早めに待機してみた。どこからがよく見えるかなーと思って。それに不審者がいないかも確認しておきたくて」

本人はそうとは見せないが、かなりのブラコンであり、フェリクス殿下に忠誠を誓っている。おまけに恋人いない歴＝年齢というギャップの塊。

「なるほど。用心をされて下見にいらしたのですね。どこか不審な点はありました？」

「それが、全くないんだよね。さすが名門校。死角という死角が削られている」

「大掛かりな魔術で忍ぶとしても、魔力探知で警報も鳴るらしいですからね。殿下の仰る通り、物理的に安全ならきっと問題はなさそうですね」

「思う存分、戦闘に集中出来るよね。君も頑張ってね！　俺も傍から応援してるから」

「は、はい？」

はて。私はここに医務官として来ているはずなのだけど？

情報屋のユーリにこう言われた時点で疑うべきだったのだ。

この大剣や、ユーリ殿下の台詞。これはつまりフラグで。

生徒たちが集まり、いざ模擬戦というところで問題が起こる。

私は教師陣の後ろに紛れるように座っていたのだけれど、その声はよく耳に響いた。

「私、怖いです……！　どうして戦わなければならないの？　誰かを傷付けるための訓練なんてしたくない！」

ゲーム上では、この台詞を聞いた者たちは、「さすが光の魔力を持つ者。たとえ模擬であろうと争いを厭うのか」と賞賛する。

そしてそのうえで自らの恐怖に打ち勝ち、リーリエ様は訓練用の魔獣を倒し、攻略対象と絆を深めるという流れになっていたっけ。

確かに、リーリエ様の言葉はもっともで、人工魔獣の荒々しさに怖気付いてしまっている者が数多くいるのよね。人口魔獣と言えど、大変リアルなので迫力があって恐ろしい。

「ふむ。光の魔力の持ち主は、戦闘を好まぬ性質の者が多いのかもしれませんね。興味深い……」

叔父様みたいに研究しがいがあると言いたそうな顔をする教師。

リーリエ様は瞳を潤ませつつも、この場にいる者を代表するかのように言い募る。

胸元で手をぎゅっと組み、頼りなさげにしつつも、彼女は顔を上げている。

この子は頑固だ。

だけど……。皆が同じ考えではない。

実際のところ、戦闘意欲がありすぎて高揚している人もいるので、人それぞれといった感じだ。

「突然戦えと言われても、戦い方が分からない者は多いと思うんです。怖いと思う方も。大人の方々にやれと言われたら、皆やるしかないじゃないですか！　不本意に思っている人もいるだろうに……。言えなくて困っている人もいるし、適材適所ってあると思います」

ああ。ただでさえ怖気付いた者たちが、どんどん戦意喪失していっている。

こういうのは口にしてしまったら負けだ。

人という生き物は、逃げ道が出来れば往生際が悪くなる。

人工魔獣に対する恐怖心が消えずに戸惑っている者は、リーリエ様の言葉を受けてますます諦めの境地に……。

あまり干渉はしたくなかったけれど、貴族社会でもあり、学園生活の足並みを揃えるのは大事だ。

「少しよろしいでしょうか？」

これ以上戦意喪失してしまい、授業が成り立たないのは問題なので、リーリエ様をこちらに呼び出し説得することにした。

大人より年の近い私が言った方が良いと思ったから。

「なぜ、呼ばれたか分かりますか？」

「レイラさんも戦えと言うのですか？　戦えない子に？　それを良しとするのですか？」

「この戦闘訓練は必修授業です。戦えなかろうが、受ける義務があります。先ほどの適材適所というお言葉。それはその通りなのですが、魔術に関わる以上、戦闘は避けられないものです。確かに、矢面に立つ方もいれば、後方で支援する方もいるでしょうけれど」

「だったら！　こんなのおかしいです！　戦う以外にも方法はあるのですから！」

リーリエ様は私に食ってかかった。

どうやって宥めよう？

「魔術を極めれば、戦闘要員か非戦闘要員かにかかわらず利用価値が発生し、それを利用したい者に狙われる確率も上がる……単純な話です。その際に対抗する術を私たちは学んでいるのですから、これは戦える戦えないの話ではなく、生きるか死ぬかの話なのです」

ここまで言えば良いかな？

命に関わることだから、ということを言い含めたつもりだった。

だけどリーリエ様は納得しなかった。

「利用価値だなんて……そんな。皆、生きている人間ですよ？　そういう世の中の方を正すべきではないですか!?　戦いたくない人たちが戦わない世界に！」

リーリエ様が仰っていることは、ある意味では正しい。確かに、取り締まりが行き届いていないのは確かだけれど、魔術師を相手に全てをカバーし切れるわけがないのだ。

魔術の応用力は無限大。それは便利なだけでなく、脅威でもある。学んでいるからこそ、分かる事実のはずなのに、リーリエ様はそれに気付かないのだろうか？

「……それがなかなか出来ないから、私たちの方が対抗するしかないのです。……分かりませんか？　特にリーリエ様の場合、珍しい魔力の持ち主ですし、戦闘を学ぶことに意義はあるはずです」

「……私は多くの人が守ってくれます。だから、私が余計なことをする方が迷惑なのは分かっているんです……。だから、私は皆を信じることに決めたの」

これ以上何を言っても無駄かもしれないと私は悟る。意固地になってしまえば、何を言っても受け入れられなくなるものだ。

「……貴女の考えは分かりました。ただ一つだけ言わせてください、リーリエ様。それをあの場で、他の者がいる中で仰るのは、お止めくださいさい。授業の進行が遅れてしまいますから」

それに、リーリエ様の考え方を正義だと思われるのは厄介だった。

彼女は華があるせいで、発言するとハッとさせられる独特の雰囲気があった。

もし、何かしら生徒に影響を与えたとしたら、その生徒たちの命にも関わるからだ。

彼女の場合は、その立場から影響力があってもおかしくない。

影響力のある人物は諸刃の剣だ。毒にも薬にもなってしまう。

確かに戦わないことは正しい。

争いなんて、私だって嫌いだもの。

だけど、立ち向かうことを拒否して死んだら元も子もないし、そんな思想の生徒は増えるべきでない。

だから私はリーリエ様を止めた。あれ以上何かを言う前に。

そういえば、ゲームだとこの時期のリーリエ様は戦うことに意欲的ではなかった気がする。

そしてゲームのレイラは、そんなヒロインに厳しく当たるのだ。

『貴女が戦いたくないというなら、好きになさい。勝手に野垂れ死んでいれば良いのだわ。だけど、その無知蒙昧さを垂れ流すのは止めてちょうだい。他の生徒に迷惑よ』

正論だが、キツイ。間違ったことは言ってないけど、確かに悪役令嬢っぽい。

それに対して、リーリエ様は何と返したっけ？

「そこまで言わなくても……。私はただ……これも一つの意見だと思って……」

そうそう。まさにこんな言葉で……。

は？

気付けば様子を見に来ていた教師二人と生徒二人。

目の前には泣き出してしまったリーリエ様。

あ。ヤバい。詰んだ。

目の前が真っ暗になった。

完全にこれ、悪役令嬢みたいじゃない？

ゲームのレイラは、物言いはキツいが正論しか言わない。まともな諫言である。

別にヒロインを虐めるわけでもなく、貴族社会の何たるかを注意してくれる人物。

関わらないでいることも出来ただろうに、ヒロインのことを放置するわけにはいかないと思っていたのかもしれない。

ゲームのレイラは、少々お節介だが、正義感が強い気高い令嬢で、フェリクス殿下の婚約者。

ちなみに取り巻きはいない。レイラはボッチを貫く孤高の存在だったので、ヒロインに対する集団虐めもない。

戦うことなど考えもしなかったリーリエは、価値観の相違でレイラとぶつかるのである。

うん。本当に悪役令嬢ってなんだろうね。

そういえば、前世で乙女ゲームに詳しい子が言っていたっけ。

『悪役令嬢ってよく言うけどさ、乙女ゲームで悪役令嬢っぽい立場の子なんて滅多にいないよ。女の子キャラは主人公の味方の場合が多いよ？　いてもライバルキャラだし、そういう子もだいたいヒロインとの百合っぽい何かがあってデレてくれたりするものだし』

ちなみに、レイラはリーリエにデレたりしない。死亡フラグを乱立させている可哀想な被害者令嬢なので。

友達ポジションでもなく、和解フラグもデレもないから、悪役令嬢っぽいとか言われているのだろうか？

うーん。よく分からない。

でもとりあえずこの状況がヤバいことは分かる。

これ、私が悪者にされるパターン？

こうなることを避けてきたのに。

でも、嫉妬とかしているわけではないし、忠告していただけだし……。

泣かせたのは本当だけど、まさかあれくらいで泣くとは思わなかった。

貴族社会で女性が表立って涙を見せることは、あまりない……というか、それをやると冷たい目で見られるため、こういう経験は初めてだった。

まあ、私は引きこもり令嬢だから、あまり夜会になんて行ってないけれど。

「レイラ嬢」

「はい」

教師の一人が声をかけてくる。初老を迎えた当たりの優しそうな男の人だった。

何かこの状況をどうにかしてくれるなら良いけれど、そうじゃない気がする。

「戦闘訓練だが、まず君がやってくれ」

「分かりまし――はい？」

何か予想外の台詞が聞こえた気がする。

「一年生が怖気付いて戦えないことは想定しているんだ。その際、教師陣の誰かが手本ということで、先陣を切って戦ってもらうことになっているのだよ。毎年、くじで決めていたんだけど、今年は君に頼もうかと思ってね。年が近い君がやるならリーリエ君も踏ん切りがつくだろう」

「え？」

「今年は君にしようかと教師連中の間では話が出ていたのだが、先ほどの様子を見て君に頼むのは間違いないと確信が持てた。あそこまで理解してくれているのだからね」

ふいに叔父様が武器を渡してきた理由と、私にこちらへ向かわせた理由が分かった。

パズルのピースがパチリと嵌るように納得した。

叔父様!?　戦闘が嫌だからと私に押し付けた!?

ついでにリーリエ様のあの発言によって、私が矢面に立つことが確定したらしい。

「君は卒業資格もあるようだし、実技も一通りこなしていると聞いているよ。リーリエ君、レイラ嬢が手本を見せるということで良いかな？」

待って。待って。なぜ、それで話が決着しようとしているの？

「は、はい。私はそれで良いです」

待って。リーリエ様、何を承諾してるの!?

引きこもり通信教育課程を卒業した私は、一度か二度くらいしか魔術を使っていないし、通信教育の卒業資格と普通の卒業資格は扱いが少しだけ違うため、本来なら私は管轄外のはずだ。

そもそも学園に来る気は毛頭なかったので、通信課程の卒業資格と、持っていると便利そうな資格しか取っていない。

つまり、実技は物凄く自信がない。

飛び級卒業とか言い出したのは誰!?

変な噂が立っているせいで、私は今、人工魔獣戦闘訓練へと参加させられようとしている。

通信教育でもたまにスクーリングがあり、通常教育ほどではないけれど、戦闘訓練をしていた。

していたけども、こんな大勢の前ではしたことなどない。

「あまりスムーズにいかず、お見苦しい見世物になってしまいます。恐れながら、参考になるとは思えませんが……？」

格好良く討伐なんて出来やしない。通信教育でも、私は力業で醜態を晒しながら人工魔獣を倒していた。

「倒せればどんな方法だろうが構わない。この空気をどうにかしたいだけだからね」

戦意喪失気味の空気をどうやら払拭したいらしい。

リーリエ様の純粋な目に見つめられていて。

や、やるしかないか。あそこまで言ったのだから。

「かしこまりました」

「時間は無駄にしたくない。すまないが、今すぐ頼みたい」

「……」

とりあえずニッコリと笑っておいた。

無茶ぶりじゃないでしょうか？　神様。

こうして人工魔獣を討伐することになった。

リーリエ様は集団の中へと戻り、教師陣や生徒たちが見つめる中、私は持っていた黒の大剣を抱える。

仕方ない。腹を括るか。

作戦名は、命を大事に。

私の戦闘は、生き抜くためにある。それ以上でもそれ以下でもない。

人工魔獣。人工的に作られたそれは、禍々しい瘴気を放っている。

心なしか、私の実技試験の時よりパワーアップしている気がする。

叔父様が興に乗ってしまった結果か。

どす黒い紫色の瘴気が毛皮を覆った、ライオンみたいな魔獣。毛の色は闇色で、目は赤く光っているし、鬣は針でも飛び出しているみたいに固そう。

魔獣は、私の姿を捉えると舌なめずりをしながら、グルルと軽く唸った。

「うう……。仕方ない」

教師たちは分かりやすく敵を倒すことをご所望のようだから、こちらも分かりやすくいくことにしよう。

身体中に魔力を張り巡らせ、頭の先からつま先まで、全身を羽根のように軽くさせるところから私の魔術は始まる。

バネのように跳躍して、空中を華麗に舞えるようにするために。

持っている大剣も、まるで羽根ペンでも持っているみたいに軽く感じるために。

私は身体能力を強化させた。

見た目には分からないだろうが、熟練の者には分かるはず。

驚くほどに軽い全身と、大剣を軽く振り回せるくらいまでには怪力になった私の腕。

怪力女とか噂されたら嫌だなあ。

ちなみに、この魔術はそれ相応に魔力を使うので、なるべく常時発動はしたくない。私の魔力量は練習が足りないからか、そこまで多くないのだ。

だから、普段の生活の時にこの魔術は使わない。

戦闘の必要に迫られた時だけ。
元々は、どこでも素材を採取出来るように習得した魔術だった。
まさかここで使うとは……。
そして、自らの身体能力を強化しつつ、ふと気付いたことがある。
あの教師たち、私に保護魔術かけてない!!
忘れてる！　忘れてるよ！
え、待って？
私が自分でかけるにしても、慣れていないため、少し時間を要する。
私は、保護魔術を諦めた。
目の前の獣が襲いかかって来たのだから。
みっともなく逃げ回りながら、とりあえず帰ったら叔父様を締め上げることに決めた。

人工魔獣を倒すという戦闘訓練。医務室の主のようになっているレイラが、生徒たちに手本を見せることになったと聞いて、俺は耳を疑った。
あの、戦闘になんて縁のなさそうなご令嬢が……。
触り心地の良さそうな銀の髪に、それと似た色合いをした白衣を羽織った彼女は、その容貌から一部で「白銀の女神」と呼ばれていた。

レイラは、彼女の叔父同様に治癒魔術も扱える。

彼女の叔父は来客対応なんて一切しなかったが、レイラは出来る限りの持て成しと穏やかな笑顔で迎えてくれる。

俺と同い年だが、たまに自分よりも年上のような気がするほど、レイラは包容力のある人間だ。

その彼女が、討伐？

新入生たちは、少し離れた観客席のようなところで固唾を呑んで見守る。

前方では、俺の主兼幼なじみであるフェリクス殿下と護衛対象のリーリエが座っており、俺は何があっても良いように後ろで控えていた。

まあ、護衛はいらないような気がするが。

フェリクス殿下は護衛などいらないほど、剣の才も魔術の才もあるからだ。

ただ、彼と稽古でもしようと近付いて行くと、何を思ってか逃げて行く。

数時間程度、本気で打ち合うくらいお手の物だろうに、「お前は手加減を知らないから途中から体力勝負になる。疲労困憊してしまえば後に響く」などと仰って、顔を青くさせていた。

俺についてこられる時点で強者だというのに、なぜ顔を青くさせる必要があるのだろう。

修行に誘おうとする度に身構えるのはなぜなのか。

最近では、あの変な仮面のおかげで普通に話しかけることが出来ているが。

どうやら自分は、焦ったり余裕がなくなったりすると、顔が引き締まって怖くなるらしいのだ。

彼女のおかげで色々と改善点も見つかったし、何しろ彼女は俺を怖がることなく、見つめてくる。

打算もなく、真っ直ぐな瞳を向けられるのは、こそばゆいが悪くはない。

「まさか、レイラちゃんの戦いが見られるとはね」

フェリクス殿下の一つ下の弟で、第二王子のユーリ殿下がすぐ隣にいた。

先ほどまで気配がなかったのに、突然現れるのは日常茶飯事なので気にしない。

この兄弟、規格外だなと思うだけだ。

「貴方のことですから、知っていたのでは？」

ユーリ殿下は噂話に強い。どこからか情報を仕入れてきそうだなと俺は思っていた。

「まあね。教師の中でそういう話が出ていたから、その確率は高いと思ってたよ？」

やはり。

「……始まるようです」

レイラの目の前には、人工魔獣である獅子の姿が禍々しく存在していた。

本物とは程遠いが、よく出来ている。

今回の人工魔獣は初心者用に調整されているらしく、俺からすれば少し動きは鈍いが、アレを倒すことが出来れば一人前になる素質はあるだろう。

……俺直々に個人訓練を施したいくらいだ。

今回の戦闘訓練で人工魔獣を倒せとは言われていないが、この名門学園に通うならばこのくらいは倒せるようになれ、と暗に言われているように思う。

だから、護衛対象であるリーリエの例の言葉に少し眉を顰めたのは言うまでもないのだが、とりあえず今は置いておく。

人工魔獣がレイラの姿を捉えると、一切の遠慮などなく彼女に飛びかかった。

レイラは片手で難なく持っていた大剣を振るうことなく、ただ獣の攻撃をすらりと避けた。

「あの細腕で大剣を持てるなんてね」

「恐らく、魔術でしょう。先ほどまでは両腕で重そうに抱えていましたから」

「ハロルド君。さすが、よく見てるね」

一撃、二撃目と魔獣の爪がレイラに迫るが、彼女はその素早い攻撃を近距離にいながらもすらりと避ける。

その度に獣の爪は地面にめり込み、地割れを作っていく。

「うわあ……。あれ当たったら痛いだろうなぁ」

「そのために保護魔術を皆、かけてもらっているのでしょう。怪我しないのだから、皆どんどん戦闘訓練すれば良いのになぜ怖がるのか分かりません。当たってもかすり傷でしょう」

「君はそうだろうね、君は」

「……？　ですが、彼女は自らに保護魔術をかけていないようですね？」

授業では命の危険性を排除するために、保護魔術で体を守ることになっている。

ほんの少し体から発される魔力があるため、傍目からは一目瞭然。

しかし、今のレイラにはかかっていないように見える。

「え、嘘。ホントだ！　生身⁉」

ユーリ殿下が青ざめる。

あの人工魔獣の動きを見ていたら、普通は恐れるものだ。

だが、レイラは「当たらなければ問題ないでしょう？」と言わんばかりに、獣の攻撃を優雅に躱していく。

思い切り振るわれた斬撃を押し留めるように、彼女の細い足がスっと上がる。

獣の爪を受け止めたように一瞬見えたが、どうやらその衝撃を利用したらしく、彼女は獣の爪を足場として大きく跳躍した。

おおっ！　と周囲から歓声が漏れる。

レイラは跳躍すると、狙ったのか……はたまた偶然なのか、獣の眼球付近に着地した。

恐らく狙ってやったのだろう。

獣の苦悶の声からして、どうやら目潰しをしたらしい。

「うわあ、えげつない」

とか言いつつも、楽しげなユーリ殿下には説得力がない。

レイラは頭上から獣の背後に降り、その瞬間飛び退る。

すると、先ほどまでレイラがいた地面には大きな窪みが。

「ほお……。あの攻撃までも避けるか……。なんという反射神経……。敵の殺気に瞬時に対応している……」

手合わせ、したいな……。

女性相手に初めて思った。

「ハロルド君？」

「なるほど、速度でもって制する……か」

「ハロルド君？　何を考えたのか察したくないけど、止めなね？　女の子相手に止めなね？」

レイラが使っている身体能力向上の魔術精度もなかなかのものだ。

フィールド場を縦横無尽に跳び回る白衣の彼女に、獣は見事に翻弄されている。

体当たりをしようとも、爪を振るおうとも、背後から噛み付こうとも、レイラはそれらをいとも簡単に躱していき、まるで魔獣をからかっているようだ。

「でも、決定打は与えないね？　先ほどから避けてばかりのような？」

「彼女の意図はなんとなく分かります。そろそろでしょう」

ふと、レイラの前の獣が体勢を崩した。

地割れに足を取られたのだ。

「疲労してきたか……」

「ああ！　そういうこと！」

彼女の狙いは持久戦による、魔獣の疲労困憊。

先ほどから逃げ回っていたのも、目潰しもそれを目的としたものだろう。

視界を奪った後、出鱈目に攻撃を振るわせる。

空振りに終わる攻撃を何度も繰り出させて、確実に魔獣の体力を削っているようだった。

恐らく、それが狙いだ。

レイラは、向かって来た魔獣を正面から捉えると、懐へと身を躍らせる。

魔獣の足の間からすり抜けるようにくぐり抜ける瞬間、初めて大剣を抜いた。

ザシュッと斬りつける音と、魔獣の悲鳴。

ついに魔獣は地面に倒れ込むが、まだ致命傷ではないはずだ。

そして――。

レイラは魔獣の尻尾を踏みつけて、背中を駆け上ると、ちょうど首の後ろ辺りに陣取って。

そこで今までの鬱憤を晴らすように、思い切り力を込めて大剣を振るった。

それは、一撃。その瞬間、レイラの腕に魔力が集中し、最大の一撃が魔獣を襲った。

文字通り、命を刈り取る一撃。

「まるで剣士のようだ……。もしや本当に？」

「えっと、ハロルド君？」

己の武器である大剣を無闇矢鱈に獣の血で汚したくないと思っていたのだろう。

剣の消耗を最小限に抑えたいという無意識が働いたのか、彼女は一撃に全てを投じた。

彼女の動きは剣士の動きではなかったが、人相手ならば撹乱することが可能だろう。

人工魔獣の首は刈り取られ、確実に絶命した。

レイラはその場に崩れ落ちるように膝をつく。

もしや、ここにきて恐怖したのかと思いきや、彼女は地面に落ちていた赤い宝石のような粒を拾って、首を傾げていた。

「あれは何？」

ユーリ殿下に問われたので、俺は解説した。

「あれは、魔獣の核です。真っ先にあれを気にするということは、彼女は歴戦の猛者なのでしょう。思わぬところに逸材を……」

早速、今度彼女に手合わせを……。いや、戦闘訓練でさらに強化を試みるか……。

うきうきと計画を夢想していく。

楽しい。女性ならではの体の動きも興味深い。

「ハロルド君？　おーい、ハロルド君？　ちょっと、本当に何を考えてるか予想つくから言うけど、止めなね？　お願いだから、止めてあげて⁉」

ひび割れるほどの歓声が辺りに広がっていき、途中からユーリ殿下の声は聞こえなくなった。

私はやり切った。

衆目の中で生き恥を晒しながらも、なんとか魔獣を倒した。

しかし、最後には足が震えてその場に崩れ落ちてしまった。

お、終わった！

「ん？」

ちょうど膝をついた時に、たまたま足元にあった宝石のような赤い粒を拾う。人工魔獣の痕跡がキラキラとした粒子のように消えていく中、これだけが残っていたのだ。

「これは……？」

もしや、核だろうか。叔父様、わざわざこんなものも再現したのね。

私が倒した後、フィールド中に歓声が広がっていく。

んん？　無様に逃げ惑っていただけなんだけど、こんなのでも良かったの？

三十代くらいの女性教師が声を張り上げた。

「皆さん、最後にヴィヴィアンヌ嬢が拾い上げたのが核です。魔獣を倒した後は、核の回収を忘れないこと！　今回の彼女は、限られた条件の中で健闘してくれました。単純な魔力強化でも、極めれば脅威的な火力になりうるという良いお手本でした！」

うん。それ以外、あまり使ったことがないから自信がなかっただけなんですとか言えない雰囲気だ。

次に若い男性の先生が声を張り上げる。

「ヴィヴィアンヌ嬢は、攻撃を無闇矢鱈にしなかった。その理由は分かるか⁉」

すみません。逃げるのに必死なだけでした。

大剣を抱えながら、とりあえず端っこの方へと移動していると、生徒の一人が手を上げた。

「大剣の攻撃は隙を生みます。彼女ほどの使い手ならば連撃も可能だとは思いますが、一般的には、攻撃態勢に入った時のわずかな隙を狙われますので、彼女はそれを避けるために攻撃を一撃のみにしたと思われます。本来の彼女の攻撃スタイルは俊敏性を生かしたものでしょうが、先ほどの話で彼女は自分に最も向かない大剣を武器にするというハンデを背負ったことが明らかになりました」

ハロルド様が無表情で訥々（とつとつ）と考察を語っている。

ごめんなさい！　何も考えてませんでした！

そこまでの理由もないし、大剣を武器にしたのは、叔父様が適当に渡したからです！

彼にしては珍しく瞳がキラキラと輝いているから、本当に申し訳ない！

「そうだ！　不利な条件をたくさん押し付けたが、やり方次第ではこのように鮮やかな勝利を得られる！　自らの持ち札から、臨機応変に対応することは最も大切なことだ。いつも万全とは限らない！　ヴィヴィアンヌ嬢のように不利な条件下で戦うことがあるかもしれない！　そして、基礎は繰り返せ！」

「はい！」

生徒たちの声が揃った立派な返事が響き渡る。

りんきおうへん。

臨機応変ね。うん。

ヤバい。何か私の思いもよらぬところで、話が展開して、過剰な評価を得ている⁉

いたたまれない。

隅で顔を覆っていれば、ポンっと肩を叩かれる。

「お疲れ様。レイラちゃん」

「……先ほどぶりですね。ユーリ殿下」

生徒たちの中に混じっていたユーリ殿下が労いに来てくれたようだ。

「まさかレイラちゃんが肉弾戦で仕留めるとは思ってなかったよ。女の子だからてっきり遠距離攻撃を駆使するのかと思っていたけど、まさかの近接攻撃。しかもけっこう手練だね。最後の一撃の魔力集中とかすごかったし」

「あ、あはは……。まあ……実用的なので……」

最後の一撃とか、半ばやけだったとか言えない。

目が泳ぐ。

「そこまで謙遜しなくても良いのに。あのハロルド君が目の色を変えるくらいだもの。立派な少女騎士がここにいるなんてね」

全身から楽しそうなオーラを全開にしていたハロルド様を思い出し、頭を抱えたくなった。

誤解だ。私は騎士じゃない。

「買い被りすぎです。文句なしに戦えたわけではありませんでしたし、少しばかり運が良かっただけです。私よりも素晴らしい人はたくさんいるので……」

「俺はあの戦い、これ以上ないくらいだと思うよ？　魔術の熟練度もだけど、何よりここにいる生徒たちは勇気づけられたんだ。不利な中、あそこまでの戦いを見せてくれたのもそうだし、保護魔術を使わないで戦った君の後なら、皆戦いやすいでしょ？　保護魔術がある分、レイラちゃんの状況よりはマシだと皆思ったはず」

それは、運営側の適当な采配のせいです。

何か尊敬の目で見られている気がするのは気のせいか。

こちらを笑顔で見つめるユーリ殿下は、何か面白いものを見つけた子どものようで。

「レイラちゃんは、強い女性だね。同年代なのに、あの空気の中で戦えて。皆の不安を一蹴しちゃって」

「あの、本当に偶然なんです」

謙遜でも何でもなく。

とりあえず、叔父様秘蔵の高級菓子は私がいただく。そう決めた。

「ほら！　他の生徒さん方の番ですよ！　皆さん、あそこまでたくさんの魔術を使いこなしてすごいです」

「俺的には、レイラちゃんの洗練された魔術の方が好きかも。……あと、ハロルド君の目が本気だったから覚悟しておいた方が良いかも」

「……？　それはいったい？」

ユーリ殿下は何も語らず、誤魔化すように「まあ、色々と……」とか言いながら笑っている。

「あっ！　見てください！　ノエル様の魔術、すごいですよ！　魔獣が自傷行為を！　あれって、電磁波か何かで魔獣の脳みそを弄ってますよね！」

ノエル様の魔力の属性は確か、土と風だ。

属性の二つ持ちは珍しく、確かフェリクス殿下も火と水を持っていた。

二人が揃えばほとんど完璧である。

「うわあ……。飢餓状態になって、自分の腕を……うわぁ……。えげつない……」

「闇の魔力持ちではなくても、やり方によっては洗脳も出来るのですね……。あ、でも、風属性は空間を満たすものでもありますから、光属性や闇属性のように目には見えない何かを司っていてもおかしくない……。うーん、やはり術者の捉え方によっては応用が効く？　魔術は意志や精神も作用しますし……うーん」

「なんかここにもハロルド君みたいな熱心な人がいる……」

たくさんの生徒たちが魔獣に挑むが、今のところ魔獣を倒せたのは百人中五人くらいだ。

もちろん、ノエル様もその一人。

「あっ、兄上！」

フェリクス殿下の番になった時、ブラコンらしくユーリ殿下は顔を輝かせた。

「水と火の魔術を使うのでしょうか？」

ちなみに、水と火という相反する魔力を同時に持つ人は少し珍しい。

フェリクス殿下は、魔獣を一瞥すると、何やら追従型のキラキラした小さな水球を発生させ、人工魔獣の体の中へと浸透させた。

体の中――細胞の隙間へと無理やり捩じ込んだようにも見える。

「あれは、何を……」

されるのでしょうか？　と傍らのユーリ殿下に問いかけようとした瞬間だった。

本当に一瞬の出来事。

フェリクス殿下が指をパチンと鳴らした刹那、人工魔獣の体が弾けて木っ端微塵になり、跡形もなくなった。

チリチリと散るのは火の粉か。

「体内破裂!?」

内臓、細胞、器官、それを体内から破裂。つまりは内側から破壊させ、肉片は炎で焼き尽くしたということなのだろう。

水分は蒸発し、血すらも空気中に溶けた。

「は、早くないですか⁉　こんなに一瞬で倒す人、見たことないです！」

さすが殿下。チートすぎる。

これが人相手だったらと考えると、怖くて仕方ない。

それと何がすごいって、一瞬で倒した割には魔力の消費が最小限なこと。

「あの、えげつなさ。やはり兄上は最高すぎる。これってどう考えても歴代新記録だよね⁉」

ユーリ殿下はハイテンションだ。さすがブラコン。

「魔術も剣も極めていらっしゃると聞きましたが、まさかこれほどとは……。核を取り出すのも、あの方法なら簡単ですよね。これは訓練ですから核を取り出すのも容易ですが、実際は色々と探らないといけないですし」

このシミュレーションみたいに、魔力の粒子となって消えていくわけではないのだ。

というか、殿下がこの学園で学ぶことなどあるのだろうか？

どう考えても卒業資格を取りに来ただけとしか思えないくらいだ。

「そうそう。兄上のやることには無駄がないんだよ」

「普段の殿下は、自らの能力をひけらかすことのない謙虚なお方ですから、ここまでの力をお持ちだとは思っていませんでした」

「ね。すごいよね。兄上は努力を怠らないし、驕り高ぶったりしないからね。あっ、こっち見た！」

フェリクス殿下はユーリ殿下に気付くと、軽く手を振った。

嬉しそうに大きく手を振り返すユーリ殿下。

そして、横にいた私と目が合うと、嬉しそうに微笑んだ。

「……!?」

ばっ！　と思わず顔を伏せてしまった。

何で、あんなに無防備に笑うの!?

あんなことがあってから顔を合わせていないので、いまだにどうしたら良いのか分からない。

「どうしたの？　レイラちゃん」

ユーリ殿下に不思議そうに問いかけられる。

「いえ。何でもないのです。雲の上のような方の笑顔ってすごい破壊力だな……と。眩しくて目が潰れそうというか……その」

「そんなに畏(かしこ)まらなくても良いと思うよ。俺に話すくらいだから、兄上もレイラちゃんのこと気にかけているんだと思うし」

「いいえ！　いくら殿下がお優しいからといって、甘えてはなりません！　……そう、私は忠誠を誓って――」

少し前に私がフェリクス殿下にしてしまった不敬なことを思い出し、それを頭から追い出そうとすればするほど、発言がおかしくなる。

忠誠云々って。

「っふ。ははははは！　これは兄上も苦労するなあ。……ねえ、レイラちゃん。君にこうやって構っている時点で、俺は君を認めている。つまり君には一つの可能性が浮上しているんだよ。身分的にも問題ないし、レイラちゃんみたいな面白い子なら俺は歓迎するけど」

「はい？」

「だから、兄上の婚約者――って、何で遠い目をしてるの？」

「あっ、いえ、何でもありません。何でも」

この兄弟は似たようなことを言う。

私に彼の婚約者なんて、荷が重いというのに。

それに、破滅したくない。死にたくない。

前みたいに途中で人生が終わるなんて嫌だった。

「あ、出てきた」

周囲のざわめきにより、私の思考は中断する。

「リーリエ様……」

先ほど、戦いたくないと言っていた彼女が、胸の前で祈るみたいに手を組んで、何かを決心したように顔を上げているところだった。

リーリエ＝ジュエルムという少女は、とにかく戦いたくないと言っていた。

恐ろしい獅子の姿をした人工魔獣と対峙した際も、傷付けたくないと言わんばかりに顔をしかめていて。

「私は剣を取るんじゃなくて、和解したいの。魔獣と言っても生き物でしょう？　彼らだって、元々は普通の生き物だったはずなのに。もしかしたら戻る可能性もあるのに」

彼女の言葉は正しくもあるけれど、正しいと言い切るのも違う。

魔獣は二種類存在している。

一つ目。古くから存在し、繁殖してきた種。こちらの魔獣は繁殖力が強く、単体で増えるものもいれば、普通の動物と子孫を残す個体もいる。

二つ目。元は動物だったものが穢れた魔力に侵食され、体の一部が魔力の塊——核に変質して、魔獣となってしまったもの。

どちらも共通しているのは、理性なき獣だという点。

魂はあるのか、ないのか、それについては目下研究中であり、様々な議論が交わされているが、彼らはほとんど本能で生きているようなものなのだ。

とにかく個体差がある生き物だ。

核のある生き物ならば他に幻獣がいるが、理性ある神秘の生き物は幻獣。理性のないおぞましき生き物が魔獣と、この世界では区別されている。

ただ、歴とした生き物なので、魔獣だからという理由で狩られてしまうことに、哀れみを覚えている者もいるくらいだ。

素材採取に慣れてしまった私は、問答無用で襲ってくる魔獣から逃げ続けた身なので、可哀想という概念は屑箱の中にかなぐり捨てた。

魔獣の纏った瘴気を感じ取れるならば、幻獣との差は一目瞭然。

可哀想などと言っている場合ではなかったため、問答無用で斬り捨てたこともある。

「穢れた魔力が原因なら、光の魔力で浄化してしまえば、元に戻る可能性もあるわ」

リーリエ様の言葉が聞こえてくる。

気になった私は、彼女の声だけを魔術で拾っていた。

光の魔力は未知数だ。前代未聞だが、そういうことも出来るかもしれない。

慈悲の心と慈しみを持つのならば。

それに私が知る彼女ならば……。

「ねえ、あなたの本当の姿を教えて？」

今にも飛びかかりそうな魔獣を前にして優しく語りかけている彼女の体からは、光の魔力が溢れんばかりに放たれており、その白い魔力の粒子が魔獣を落ち着かせているようにも見える。

リラックス効果みたいなものだろうか？

戦闘態勢に入ってしまった魔獣は、手が付けられないのが常識なのに。

興奮状態に近いため、精神系の魔術は効きにくいのだ。

つまり、先ほどの精神魔術を駆使していたノエル様は規格外だ。

「私はあなたと戦いたくないの。傷付けることに慣れたくもない。これは私なりの覚悟なの」

リーリエ様は、春のように穏やかな笑みを浮かべて近付いていく。

唸り声を上げながらもその場に留まっていた人工魔獣は、気付けば項垂れていた。

「守られるだけも嫌。傷付けるのも嫌……だけど、私は私でいたい！」

その言葉から分かるのは、彼女が私の言葉を到底受け止められないと判断していること。

異様な雰囲気に包まれる中、戦いはなかなか始まらない。

それでも光の魔力は溢れ続けて。

『　』

何かの鳴き声を聞いた気がした。

フィールド上に光が溢れ出し、視界が真っ白になるほどに光り輝いた。

眩しくて目が開けられない？

この光は、もしかして。

そして、私は確かに見てしまった。目が眩みつつも、指の隙間から見えたのは、それこそ神秘の存在だった。

リーリエ様の前を守るように立ち塞がる白い羽。真っ白な尾を靡かせる神秘的な巨鳥。羽を広げれば数メートルにも及ぶだろう。鷹か何かにも似ている。

「精霊……。それも、これは光属性の精霊……」

私はぼそりと独りごちた。

私が思っていた通り、やはりこうなった。

リーリエ様は精霊と契約した。

シナリオ通りの展開が繰り広げられていた。

私というイレギュラーがいながらも、これは予定調和だというように。

『ほう。前代未聞だな。全ては、魔力量が多いからだろうな』

ルナの声には感嘆の色が含まれている。

そう。覚えがあると思ったら、これはルナの気配と似ているのだ。

不思議なのは、精霊は契約者にしか見えないはずなのに、私にも見えている点。

ゲームでは、リーリエ様が主人公だから精霊の姿もしっかり描写されていたが、本来ならば私に精霊の姿が見えるはずがない。

魔力があってそれなりの使い手ならば、他者の契約精霊も目にすることが出来るらしいが、それも同じ属性に限られるというのに。

ついでに言うと、私はそれなりの使い手というわけではないはず。

もしかしてルナと契約しているから？

そんな話聞いたことない。

後から知ったことだが、魔力量が多く、優秀な術者かつ闇属性の魔力を持つ者——つまり数人の教授がこの場でかの精霊の姿を目撃していたという。

リーリエ様は今、あの精霊と何か話している？

会話はよく聞こえなかった。

『私は姿を隠していても良いか。あの気配はなんとなく落ち着かぬ。同業者は好かぬ』

光の魔力にゲンナリとした様子のルナは、私の影の中に潜む。いつものように鼻だけ出すこともせず。

リーリエ様は前を見据えると、精霊に向けて叫んだ。

「どうか、あの魔獣を救って！」

『契約者の願いを叶えましょう。その慈悲をどんな時も貫き通すならば、それなりの覚悟を持ちなさい』

中性的な精霊の声を私は聞いた。

「何？　何が起こっているの？」

隣にいたユーリ殿下は戸惑ったように、私の腕を掴んだ。精霊が見えずとも、何かが起こっているのは分かるらしい。

光がさらに強くなり、目の前が真っ白になった後、しばらくして霧が少しずつ晴れるように光は治まっていき、そして——。

瘴気を取り払い、穏やかな顔をして眠る人工魔獣の姿があったのだった。

これは、魔獣の浄化？

人工魔獣からは、瘴気が一欠片も感じられなくなっていた。

もし、これが人工魔獣ではなく普通の魔獣なら、どうなっていたのだろう？

神話のような一幕に、この場にいる誰もが呆気に取られ、目を見開き、言葉をなくしていた。

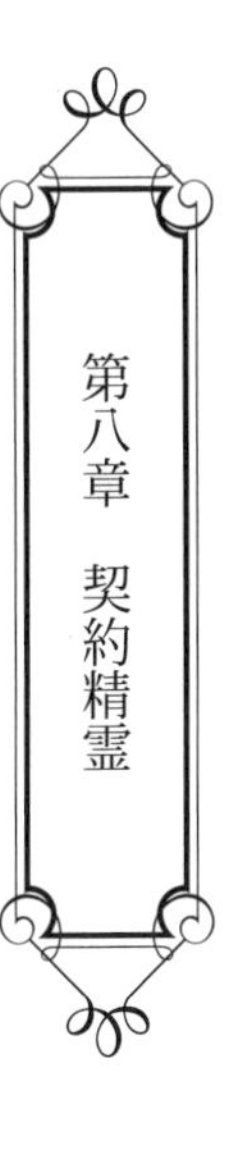

第八章　契約精霊

光の魔力の持ち主が、光の精霊と契約したらしい。

闇の魔力の持ち主である教授が精霊を見たことで、戦闘訓練後、その話は瞬く間に学園中へと広がっていった。

フェリクス殿下、ハロルド様、ユーリ殿下、ノエル様は何やら忙しそうに奔走していて、至る所に連絡をしているのか、盛んに伝達魔術を行使していた。

「皆、忙しそう……」

「忙しいのは、僕たちもですよ」

「そ、そうね。叔父様」

リーリエ様関連とはまた別に、私たちは私たちで軽傷者の手当に奔走していた。

絆創膏や湿布、簡単な治癒魔術を何度も使い、時折、魔力回復薬（苦い）を一気飲みしつつ、出来ることをするのみだ。

一通りの訪問者が立ち去った後、叔父様は目をキラキラさせながらこちらを見ていた。

大方、光の精霊について聞きたいのだろうが、私は叔父様に物申したいことがいくつかあった。

「厄介事を押し付けた叔父様なんか知らないわ。精霊のことも他の人に聞けば良いでしょう？」

ツーンとそっぽを向いている私を、叔父様は必死に宥めようとする。

「そんなこと言わずに！　ね？　レイラに人生経験を積ませたい親心ですよ。魔術師はいかなる時も冷静に臨機応変に対応出来ることが望ましいと言われております。座学のみのレイラには良い勉強になりましたし、上々の結果を出したのだから良いじゃないですか」

「単に叔父様が面倒だったからでしょう？　さすがの私も今回ばかりは怒るわよ。何でも思い通りになると思ったら大間違いなんだから」

『私も今回のあれはさすがにどうかと思ったぞ。叔父上殿』

ルナは私の味方をしてくれている。癒しだ。癒しのもふもふだ。

「私は一息つくことにします。ルナ、叔父様に少し説教をしていて」

『そうだな。私の方からも光の精霊については語らない。知りたくても知ることの出来ないもどかしさでも感じてもらうとしよう』

いまさらだが、ルナにはサディスト的な要素があると思う。

「そ、そんな！」

叔父様が何か言っているが、少しくらい私も憂さ晴らししたい。

医務室から出て、気分転換にカフェテリアで何か頼もうかと思ったところで、予想外の人物が待ち受けていた。

医務室から出てすぐの角。壁にもたれかかって人を待っていたようだ。

「ご苦労様。レイラ」

「………殿下こそ、お疲れ様です」

フェリクス殿下は今、お忙しいだろうに。

まさかこんな廊下に一人でいるとは思っていなくて、少し返事が遅れてしまった。

制服の上着部分を脱ぎ、ベスト姿で彼は佇んでいる。

「どなたか、お待ちですか？」

「貴女を待っていたんだよ」

「え？　何か危急の用件でも？」

リーリエ様の件で忙しいのに、わざわざ会いに来るほどだ。一通りの手続きは終わっているのだろうが、今日会うことはないと思っていたから、よっぽどのことがあったのかもしれない。

「いや、何もないけど。……ただ、貴女に会いたかっただけで。仕事を頼みに来たわけではないよ」

「……」

なぜ、今？　リーリエ様についているとか、何かあるでしょうに。

「この度の件で、お忙しいのでは？　なぜ、わざわざ……」

「忙しいから、余計に会いたくなった。迷惑だった？」

「いえ！　まさかそんなことはありませんよ！」

迷惑です、なんて言えるわけがないのにそんなことを問うのは遠慮して欲しい。

「そう。なら良かった」

「……」

屈託なく笑うのも、ちょっと止めて欲しい。

目をいきなり逸らすのも失礼なので、先ほどから気になっていたことを聞くことにした。

「リーリエ様のそばについていなくても良いのですか？　色々あったせいで、リーリエ様は不安になっているのではないかと思いまして……」

フェリクス殿下は肩を竦める。

「精霊との契約で、彼女の存在は余計に重要なものになったから、交代で護衛はつけているよ。そばにいてあげてと色々な人に言われたけど、私は逆に聞きたい。事故にあったわけでもない、ただの授業の一環だというのに、何を不安に思う必要がある？　私がそばにいる必要性を感じられない」

「……」

攻略対象がここまで冷めていて、果たして乙女ゲームとして良いのだろうか？

まあ、この世界は現実だけれど。

どうやらリーリエ様は殿下の裾を摑んで、「置いて行かないで」と涙を見せたらしい。

うーん。確かに重いかも？

この方の場合、ぐいぐい来られると引いていくタイプに見える。

「私以外にも人はいて、しかも交代で護衛もしているし、私も明日は駆り出される予定だし。数人で彼女の相手をする理由が分からない。全員があの場に拘束されるのって、どうかと思うんだけど。その間に休憩するとか執務をするとか出来ると思うと……」

「確かに、全員が雁首揃えてあの場にいる必要性は感じられませんが、リーリエ様のそばにいるとばかり思っていました」

「私は彼女にそこまで過保護ではないよ」

うん。正論なのだけど、ゲームで知っている殿下とあまりにも違いすぎて驚く。

ゲームのシナリオでは、殿下はリーリエ様のそばにいて会話をしていたというのに。

こんなにビジネスライクな関係性だったっけ？

もっと甘い言葉とか吐いていたような……？

とりあえず一つ分かること。

「……リーリエ様は、そばにいて欲しいと明確に意思表示したのでしょうね。だから余計に皆、そう仰るのでしょう」

「私の意志とは関係なく、ね」

「相当、参っていらっしゃるようですね」

「まあね」

この怒濤の数時間で疲労しているのも理由なのかもしれない。

攻略対象が数人でヒロインを囲み、甘い言葉をかけるというシチュエーション。

現実的に考えると、乙女ゲームのあの状況は違和感があったと思う。

だから、驚きつつも、今回の殿下の反応には納得出来る部分があった。

リーリエ様に塩対応なのは意外だったけれど。

「レイラは私のこの対応を、冷たい対応だと思う?」

「王家の方々にも様々な考えがあるのでしょうし、私などが意見出来る立場ではありませんが。リーリエ様は殿下の婚約者というわけではないですから、今回の事例ですと客観的に見てその判断はおかしくないと思いますよ」

義務を果たしてリーリエ様を守っているなら、その他の時間は彼のものだ。

拘束される必要はない。

私のところに来るのは解せないけれど。

自室で休めば良いのに。よく分からない人だ。

「冷静で忌憚(きたん)のない意見をありがとう。外野がね、うるさいんだ。リーリエ嬢のそばについてあげないなんて優しくないとかどうとか」

ここで殿下は疲れたように溜息をついた。

「……私が断言します。貴方に非は全くありませんよ。それくらいで優しくないとか言われていたら、全世界悪人だらけです。そうなると私など極悪人です」

私は自分が優しくない人間だと思っている。

臆病で、目の前の真っ直ぐな男の子に不誠実な対応をしている最悪な女。

彼は私みたいな女に引っかかってはいけないと思う。

なのに。

「ん？　レイラは優しいよ。私が見る限りだと偽悪主義的なところはありそうだけど」

何を言っているのだろう。

本気で何て返して良いのか分からなくなって、ルナを置いて来たことを後悔し始めた。

無言になった私に何を思ったのか、殿下は私の手を自然に取った。

「もう夕方だけど、少し休憩しようか。外に行こう」

気が付けばエスコートをされていて、中庭のベンチに二人して腰をかけている。

夕日が赤くて、世界が染まったように思える。

右隣に座った彼は、私の右手に自分の手を重ねる。

「……!?」

どういう状況？　何？　この接触は。

思わず身構える。

「先ほどまで治療をしていたんだね。魔力を使いすぎているみたいだ。手も冷たいし。顔色も少し良くない。かなりの魔力消費と見た」

隣から顔を覗き込まれて、顔色を確認される。

綺麗な金髪がわずかに私の方へと近付き、ふわりと清潔な香りがして息を呑んでしまった。

近い……。あの時みたいに。

少し前にあった事故。急接近してしまった末の惨事の記憶が蘇って、頬が熱くなる。

私、意識しちゃってる？

まだ、あの事故を完全に忘れるなんて出来ないらしい。

こちらの動揺に気付いているのか、気付いていないのか、フェリクス殿下はこう続けた。

「私の魔力を分けようか？　魔力回復薬で無理に回復させるよりも楽になれると思うよ」

何を言っているのだろうか。

思わず目を見開いた。

自分の魔力を他人に受け渡す。それは、魔力の扱いに長けた者に出来る高等技術だが、その方法に問題があった。

一般的には密な接触——粘膜を触れさせるほど濃厚な接触をしなければ魔力を移せないのだ。

この人、もしかして変態なのではないか？　と思った瞬間に、手を握られた。

「やっ……」

「ゆっくり流し込むから」

魔力の奔流。握られた手が暖かいと感じた瞬間、何か力の源のようなものが手のひらの皮膚から浸透していく感覚に襲われた。それは熱が移っていくのに似ている。体の芯から温もりが溶けていくようだ。

手を温めて、温もりを得るみたいな。

え？　嘘？

知らない魔力。闇属性ではない魔力の感触。

確かに魔力が移動している。

き、規格外だ。規格外すぎる！

一般的には、密な接触をしなければならないほど、魔力操作は難しいとされている。

それを、手に触れるだけで出来てしまうなんて。

驚いてしまったせいで私は失言した。

「変態とか思ってすみませんでした……」

「え？　変態？　……あっ」

一般的な魔力の移し方に思い至ったのか、殿下は一瞬申し訳なさそうな顔になった。

身の内に溢れる魔力のおかげで体が軽くなったようだ。

「うん。顔色はさっきよりも良くなった。無理は禁物だよ。貴女にとっては仕事なのだろうけど、最近は薬を作りすぎだ。ここ数日の疲れが溜まっていたうえに、今日の治療が止めを刺したんだろう」

純粋に心配してもらっているのが、こそばゆくて。

少しの接触で意識してしまっている自分も嫌いだ。

うう。あの時のことが、けっこう尾を引いている……。

キスくらい……とも思うけれど、私の中では衝撃的な出来事だったのかもしれない。

顔を上げると、こちらを何気なく窺っていた殿下と目がバッチリ合ってしまった。

この時、わずかに視線を外したのだけれど、その挙動が不自然だったのかもしれない。

「……レイラ？」

私の染まった頬が夕日のせいではないことに、彼は目ざとく気付いた。

私が殿下を意識してしまっているのが何とも分かりやすい。

い、いたたまれない。

「……少し驚かせたみたいだね」

気付いてしまった殿下は、甘さを滲ませながら、息だけで上品に笑った。

なんということなの。声が蜂蜜みたいに甘ったるい！

そして嬉しそうなぽわぽわとしたオーラが出ているように見えるのは、気のせい？

それ以上追求されないことにホッ……と胸を撫で下ろしていたら、繋がれていた手がするりと名残惜しそうに離される。

「……！」

ぴくりと肩を揺らしたのは私。

先ほどから分かりやすい反応をしてしまう私に対して、殿下は特に何も言わない。

少し前にあった気まずい事故の件についても、言い訳をしない。

「また顔を出しに行くね。次は忙しくない時を狙う。今度また美味しいオススメの紅茶を持って行こうかな」

殿下は後ろ暗(ぐら)いことなど一切ないと言わんばかりに、明るく話しかけてくる。

その声音に含まれている優しい響きは、私を労っていて。

全てをなかったことにして、今まで通りの当たり障りのない関係でいたいという私の我儘な願いを知って、それに答えようとしているみたいだった。

臆病で意気地なしな私の願いを。

もしかしたら、この人は私の性質を把握し、そのうえで、私との友人関係を維持しようとしているのではないだろうか。

踏み込んでこないことに安堵しつつも、なんて面倒な女なのだろうと自分自身に対して思う。

殿下は、何をお考えなの？

フェリクス殿下は、リーリエ様とそこまで進展していない。

ゲームでの出来事との差異にも私は戸惑っていた。


修羅場期間が終わってから、怪我人はあまり来ない。

体調不良の生徒や、突き指などの軽傷者ばかりが来るので、平和に日々が過ぎ去っていく
……はずもなく、私の中では修羅場が続行中だった。

リーリエ様の周りを攻略対象の方々が取り囲むという珍事に、令嬢たちは不満を募らせている。

この医務室に来た令嬢たちは、リーリエ様についての罵詈雑言（ばりぞうごん）や愚痴を吐き出しては、憑（つ）き物が取れたように帰って行く。

うん。言うとすっきりするよね。分かる！　分かるよ！

こっちは返事に物凄く困るけれど。

リーリエ様を虐めたりされるのも困るので釘を刺しておくが、匙加減が難しい。

適度にガス抜きさせないと爆発するものなのだと、私は知っている。

とりあえず全部話は聞く。ひとしきり愚痴を言ってくる人には聞き役に徹するから良いとして。

問題は「レイラ様はどう思います？　あの女、いなくなれば良いのにって思いません？」とか同意を求められた時。これが厄介だ。

時折、「……なるほど。男女の距離感の問題ですね」とか頷いてみたり、頭痛がすると言わんばかりに頭を抱える仕草をしてみたり、「行き場のない怒りというものが一番厄介で、ぶつけ所がないのは……辛いですね」とか言ってなんとか聞き役に徹した。一番、これが疲れる。

それに無茶ぶりすぎる。

何ともデリケートすぎる問題だ。何を言っても角が立ちそう……。

これが正しい対応なのかも分からない。

立場的に悪口を一緒に言うわけにはいかないし、そんなこと言ってはいけませんよ？　とか言うのも問題だし。

彼女たちは愚痴を吐き出しに来たわけであり、諭されに来たわけではないのだ。

少なくとも彼女たちにとっては。私がどう思ってるとかは関係なく。

ここは愚痴吐き出し場ではないんだけど、とか色々と言いたいことはあるけれど、そんな私の思いはとりあえず放置するとして。

穏便に済ませて欲しいが、私が説教などしたところで、右から左へ受け流されることは重々承知。

上手いこと宥められないかと苦心した。

殿下たちはただでさえ大変そうなのに、令嬢たちの不満に対応するなんて苦行だろう。

少しでも宥められたら、きっと殿下たちも少しは楽になるはずだ。

そのため、ここ数日、王都で話題の恋愛小説の中でも悪役令嬢っぽい誰かが登場する小説を例に、適度なスパイスが絆を深めるということを令嬢たちにさり気なく伝えている。

ある令嬢は、婚約者がリーリエ様に夢中らしく、蔑ろにされてかなり参っていた。政略結婚といえども、彼の家でなければならない理由はなかったという。

なので、アドバイスをした。「良縁を見つけるなら、リーリエ様を出しにして被害者ぶれば良い」と。

「リーリエ様に悪気がないことは分かっております……。でも、こんなのあんまりです……」と言って泣いている令嬢がいたとする。悪口を言っている女よりも、そちらの方が慰めたいし、グッとくるだろう。

ポイントは、リーリエ様の悪口を言わずにどれだけ悲劇の令嬢を演じられるか。

多少わざとらしくても、実際に被害者なので問題ない。

一時の嫉妬や激情でそれまでの評判を落とす必要などないのだ。そんなことをする不毛さをしっかりと伝えておく。

といっても、こちらが素直に引き下がることに対して純粋に腹が立つのは仕方がない。ならば、利用してやれば良い。

そうした事実を、あくまでも客観的に、「そちらの方が得ですし、ただでは起きないところが不死鳥のようですよね」とか言っていたら、私がなぜか策士とか言われる羽目になった。解せぬ。

でも。

「レイラ様。あの時、憎しみに囚われていた私を止めてくださってありがとう。おかげで余計な行動を取らなくて済みました。周りに目を向けてみれば、良い男性は彼だけじゃないと分かりましたし。彼の家には貸しを作れたので満足です」

彼女は何をやったのだろう。

「そ、そうなのですね！」

「ええ！　レイラ様の話を聞いていたら、なんて不毛なことをしていたのだろうと思いました。敵に塩を送るなんて、馬鹿げたことをしようとしていました。レイラ様に話を聞いてもらえた方が皆感謝しているのを知っていますか？」

感謝やお礼があるということは、とりあえず私はヤバい奴認定されなかったらしい。よ、良かった。

こう、腹黒策士系女とか言われたら不本意すぎる。

お礼を伝えに、令嬢が三人ほど続けて来訪した。

さらにその後、一人男子生徒が訪ねて来た。

「リーリエ様のことで婚約者が不安になっていて……」

とりあえず婚約者がグッときそうな台詞やシチュエーション、口説き文句、理想のデートコース的な何かをこれでもかとアドバイスしておいた。

医務室は恋愛相談室じゃない！

はたまたこんな相談もあった。

「婚約者がいるのですけど、それでもリーリエ様に心惹かれてしまって……。告白しても良いと思いますか？」

知るか！　浮気心の相談などここでしないでくれと少し腹が立ったので、

「それを私に言ってどうしろと？　私に何を言って欲しくてそれを言うのですか？」

浮気心の背中を押すなんてごめんだという意味を込めて一蹴したら、彼は顔を赤らめて慌てて去っていった。

その一部始終を聞いていた女子生徒に「さすが恋愛アドバイザー」とか言われて、医務室が医務室でなくなっていくことに絶望した。それに本気で問いたい。

今のやり取りのどこに恋愛アドバイザー要素があったのか、と。

そうして頭を抱えていた時に、彼は来た。

「レイラ君。俺の婚約者にならないか」

「はい？」

相変わらずの真顔で、ハロルド様はいきなりそんなことを言い出した。

新手の詐欺か、冗談か。

ここは笑っておくところなのか、真剣に受け止めるところなのか、頭の中でどうするべきなのかグルグルと回っている。

にっこりと笑いながらも硬直している私と、真剣な顔をしているハロルド様の間にある台に、ルナがさり気なく水と甘味を置いて行く。

いつの間にか、使用人みたいなことをしているルナ。修羅場の時以来、習慣化してしまったらしい。

「あの、婚約と聞こえたのですが」

「ああ。婚約者。将来の伴侶だ。この間の戦いを見てあんたが鋼の精神を持つ戦乙女の卵だと確信したのだ。あんたは、生への強い執着を持ち、高潔な魂を持っている。俺の隣に立つに相応しい強い女性だ。それにあんたには素養がある。修行はいつからでも構わない。今からでも始めてみないか？」

「ええと、婚約をですか？　それとも修行をですか？　というか、そもそもこれは政略結婚の類でしょうか？」

惚れた腫れたの類ではないことは分かる。その瞳には別の種類の熱心さはあるけれど、恋の熱は宿っていない。

「どちらかと言えば勧誘に近いだろうか？　俺を怖がらず、真っ直ぐに向き合ってくれたこともある。もし結婚相手がいないなら――」

まさかここで求婚されるとは思わなかった。

そういう展開が来るとは。

そして、これほどまでに全くときめかない求婚も前例がないだろう。

「婚約者云々はすぐに決める話ではない。頭の隅にでも留めておいて欲しかっただけだ。……本題は、修行のことだ。女性騎士という可能性……それも、あんたのように見た目でそうと悟らせないのは、大きな強みだ。ぜひ、この機会にその力を伸ばしてみるのは――」

なぜか手を握られる。熱心な瞳が近付いてくるけれど、決して色めいたそれではない。

「ちょっと、ハロルド様？　近い！　近いですから！」

「す、すまない」

そんなやり取りの中、ルナが人の姿のまま、クッキーをつまみつつ、「ん？」と声を漏らした。

何事かと思っていたら、医務室のドアが開けられて、慌てて入ってくる人影が。

ユーリ殿下が飛び込んで来たのである。

「嫌な予感がしたから来てみれば……。ちょっと待ってって言ったよね!?　ハロルド君！　それから、女の子の手を簡単に握らない！　良いから離れて！」

「追いかけて来てまで邪魔をしないでください。今、彼女に――」

「兄上には見られてないよね？　この状況！　良いから帰るよ！」

なぜか慌ててハロルド様の腕を摑み、引きずるように部屋を出て行くユーリ殿下。

「レイラちゃん。ハロルド君の言っていたことは忘れて！　くれぐれも！　兄上にこのことは！」

「色良い返事を待っている」

それだけ言い置いて彼らは出て行った。

「嵐が、去ったな」

ルナがもぐもぐとクッキーを咀嚼しながら、興味なさそうに呟いた。

「ええ。色々ありすぎたわね」

そして、災難は続いていく。

業務が終わった後、ルナと二人でトランプに興じていた折に、何度目かの医務室飛び込みがあった。

慌てた様子でガンガンガンガンとノックされた。

今度は何？

多少げんなりしながら迎えると。

「ヴィヴィアンヌ嬢！　君に採取訓練に付き合ってもらいたい！　ぜひ！」

一年生担当の男性教諭に、新たな仕事を頼まれる羽目になった。

採取訓練。一年生の初めてシリーズその二。

これもまた、乙女ゲームのシナリオだったりする。

リーリエ様が精霊を得てからのイベント。

フェリクス殿下の婚約者で同学年という立場を捨てても、どうやら避けることの出来ない運命だったらしい。

助手じゃなくて、もはや雑用係では？　と思わないでもなかったが、もちろん拒否するわけにはいかない。


そして採取訓練当日。

『ご主人。ずっと言おうと思っていたのだが、それは職権乱用というものではないのか？』

「うん。知ってる」

気が付けば私は、採取のために野外にいた。手には採取したばかりの薬草がある。せっかく外に出たんだから、自分の分も少しなら採取しても良いと私は思う！

魔術学園第一遠征隊の最後尾を歩きながら、時折、薬草を採取しては採取ポーチへと放り込んでいく。

可愛い兎の刺繍がしてあるポーチだが、驚くことなかれ。叔父様が空間魔術を施し拡張したため、たくさんの荷物を詰め込めるようになった魔法アイテムである。

容量は、だいたい平民の一般家庭のリビングがすっぽり入るくらいのスペースだと思う。

ポーチを開けて物を入れると空間が歪み、入れた物は上から見るとミニチュア化する仕組み。

最後尾から置いて行かれない程度について行きながら、植物を丁寧に摘んでいた。

「せっかく来たなら採取しなくちゃ。時間が勿体ないし、そもそも私が来る必要もなかった気がするなあ」

どう見ても人が足りているもの。

採取訓練には医療系の魔術が使える者の同伴が必須だったのだが、私以外に教師も二人いるし、医療魔術が使える者もさらに二人いる。

生徒は二十人くらいで、その中にはお馴染みのメンバー、フェリクス殿下を始めとした五人がいる。ユーリ殿下は生徒じゃないけれど、リーリエ様の護衛として採用されているらしい。

ユーリ殿下は水属性の魔力の持ち主で、水を利用した幻術などを得意としている。さらに、どの属性の魔力の持ち主でも扱える変身魔術も得意なため、本当に間諜向きだ。

罠などを見破るのが得意らしいし、その人選なんだろうなあ。

変身魔術などのように、どの属性でも使える魔術のことを無属性魔術と言うのだけど、属性よりもそちらを極める人はあまりいない。

私も、どちらかといえば身体強化系の無属性魔術を使うことが多いので、親近感を覚える。

無属性といえども、属性の影響が皆無ではないので、例えばユーリ殿下が変身魔術を使う時は、まず身体を一時的に水へと変換させてから変質させるのだが……。

彼の場合は、精度が物凄く高いので、見破れる人が少なく、城を抜け出すことも多いとか。

これもシナリオ補正なのか、そういう理由でユーリ殿下も駆り出され、私ですら駆り出されている。

ルナは影の中から今日も今日とて鼻だけを出しながら、心配してくれる。

『ご主人、顔が暗いようだが』

「嫌なことを思い出したのよ」

シナリオ通りでいくなら、今日、私は運悪く一番最初に襲撃されるのだ。

休憩中、魔獣の群れに遭遇し、それをヒロインやヒーローたちが退ける……という王道シナリオなのだが、レイラはいつも通り、ヒロインに貴族の何たるかを説教している折に攻撃されて倒され気絶するのである。

それを見て私はまず思った。この世界、レイラへの当たりが強くない？　可哀想すぎない？

世界が私をいびってるようにしか思えない。

フェリクス殿下の婚約者であるレイラは、後日皆からお見舞いをされるのだが、その際に攻略対象たちと会話をする。

魔獣は政敵に差し向けられたものなのか、それともこの世界に異変が起こっているのか云々。

そのやり取りがまた貴族特有の大人な会話に聞こえてしまい、疎外感を覚えたヒロインは、貴族社会を知ることを決意する……という流れ。

疎外感を覚え落ち込んだヒロインを慰める、各攻略キャラとの会話も必見。

仲良くしようとしても気を許してくれないレイラを相手に、笑顔で接しながら「色々と教えてください」と頼み込むヒロインは健気だ。

「私って貧乏くじ体質なのかしら」

『私と契約出来ているのだから、運は良いはずだ。帰ったら毛を撫でさせてやっても良いぞ』

「頑張る」

即答だった。

だって、ルナは狼なのに、もっふもふなのだ。

私もすぐに虜(とりこ)になったのだけれど、ルナはあまり触られたくないようだ。

『愛玩動物になった覚えはない』と普段はつれない、あのルナが！　触らせてくれるなんて！

どうやらそれほどまでに、私は憂鬱そうな顔をしているらしい。

貴族の仮面を被り直しつつ、前方のリーリエ様御一行の近くへと不自然にならないように移動していく。

情報を引き出したい。この世界にゲームのルートがそのまま適用されているのか、疑問点は色々とあるけれど、とにかく私は死にたくない。

「あ、レイラさん！」

すぐ近くの女子生徒に声をかけられる。

「こんにちは。今日はよろしくお願いしますね！」

彼女は医務室に来たことのある生徒で、見覚えがある。

「もう、一班で良かったですわ。レイラさんと一緒なんですもの。レイラさんの戦う姿が見られるかもと期待している者も多いのですよ」

「そ、そうなんですか。き、期待ですか」

あの時の戦闘訓練以降、何やら歴戦の猛者か何かと勘違いされている節がある。

他の男子生徒と女子生徒が何やら期待の目でこちらを見ているのが、何とも言えない。

「レイラさんのあの時の戦いぶり、まるで戦場の女神のようで、凛々しくて！　すごい術式を使うだけが戦いだと思っていたのですが、そうではないことを学びました！　それを教えてくださるためだったのですね」

どうしよう。あの時はただ必死だっただけで、そこまで崇高なことは考えていない。

純粋な褒め言葉にどうしたら良いのか分からない。

「お褒めいただき、ありがとうございます」と伝えようとする前に、私の左隣に気配が。

「そうだろう。そうだろう。単純な術だと舐めずに極めた結果が、あの戦果なのだ。戦いを極めていくと、結局のところ、効率と純粋な努力がものをいうのだと気付く。ただ一つを極めるのも、一つの手だからな」

本当に彼は昨日からどうしたのか。

私よりも得意げに話すハロルド様に、女子生徒は唖然としている。

ハロルド様、護衛は良いの？

純粋な疑問が飛び出す前に、彼もその自覚はあったらしい。

「失敬。気になる会話だったため、つい割り込んでしまった。俺は護衛に戻る。レイラ君、今度手合わせしよう」

早口で言いたいことを言ってすぐに仕事に戻ろうとするのが面白くて、私は思わず笑った。

「ハロルド様は面白い方ですね。ふふ、護衛お疲れ様です」

生徒兼護衛という立場も大変だろう。課外授業をしながら敵にも備えるのだから。

ハロルド様は一瞬だけ目を見張ると、珍しく小さな笑みを浮かべて、さっさと仕事に戻ってしまった。

ハロルド様が笑うのってレアかも。

『ご主人。あまり笑顔の安売りは控えてくれ。先ほどからこちらを凝視（ぎょうし）している男がいるからな。ちなみに前を向くと目が合うから気をつけろ』

どうやらこちらを見ている男子生徒がいるらしい。

私のことを凝視するなんて物好きもいるのだなあと思いつつ、ルナの指示に従い、隣の女子生徒に目を向ける。

「ハロルド様お墨付きなのですね。確かに、レイラさんなら男性相手でも引けを取らない可能性が……」

「それをやった瞬間、完全に嫁の貰い手を失いますね、私」

「あら。レイラさんの戦いは凜々しくて、男性でも女性でも見蕩れていましたよ？　それに、ハロルド様なら貰ってくれそうですし」

「ふふ、ご冗談を」

「でも仲が良さそうでしたわ。もしその気がおありでしたら、私、全力で応援させていただきます！」

恋バナの時特有の女子の目だなあ。

ちなみに昨日、全くときめかない求婚をされたので、冗談とも言えない。

和やかに笑い合っていたら、ルナが声を潜めて忠告してくれる。

『ご主人。その会話もマズイ。嫁云々の会話は止めた方が良い。面倒なことになるぞ。実は先ほどから魔術で聞き耳を立てているのだ……。よっぽど気になっているらしい……。それも王太子が』

だんだん声が小さくなっていくので、「誰が」のところが上手く聞き取れなかったが、とりあえず話を逸らして、巷（ちまた）で話題の図書とかファッションの話をしておく。

実習中のお喋りというのも、なんだか青春っぽくて良いよね。私は生徒じゃないけども。

採取ポイントでは教師たちが細かく解説し、メモを取る真面目な生徒や、それを聞きながら植物をつつく生徒がいたりする。

ちなみに、ノエル様はノートを取らずに聞き流しているが、メモを取らずに暗記出来る要領の良さを持つのだろう。天才タイプだ。

フェリクス殿下は、普通にメモを取っている。

私が見る限り、殿下は元々の才能や地頭の良さに甘んじることなく、油断せず、真面目に確実に努力を積み重ねていくタイプだ。

リーリエ様はメモを取りつつも、細かいことが気になると頭に入らなくなるらしく、その都度隣にいるフェリクス殿下に聞いている。

ちなみに私はその間、採取をしていた。

『私はそなたのそういうところ嫌いじゃないぞ』

「褒められている気がしないのだけど」

だってその解説、数年前に勉強したし、この実習について行く前にも復習して、メモにまとめておいたし。

もし質問された時に答えられなかったら恥ずかしいので、その辺りは抜かりない。

でも特に何も質問されないし、それなら採取しても良いじゃない？

この間から切らしていた薬草をただで手に入れる機会なのだから。

解説の間せっせと薬草を摘んでいたら、男性教師に呼ばれた。

「今、摘んでいた植物を一度貸してくれないか？」

「え？　今、この場にあったもので良いですか？」

「おお。全部揃っているな。さすがヴィヴィアンヌ嬢。抜かりない」

解説に使うのだろうと一種類ずつ、手渡した。

「注目！　実際の植物がこれです。助手のヴィヴィアンヌ嬢が一通り皆さんのために集めてくれていました。この辺りの植物で使えるものは、だいたい揃っている。教科書の一覧にも載っているので確認をしておいてください」

私はいつの間に助手になったのか。

「彼女の手腕により、特徴が分かりやすいものが揃っております。よく見て覚えてください」

すみません。たまたまです。効能優先で集めただけです。

生徒さん方も、おおー！　とか歓声を上げないで欲しい。

注目されるのは嫌なので、後退しつつ、木の洞の中を探っていく。今度は薬効成分のある虫を採取していたら、また呼ばれた。

虫を提供して先ほどと似たような流れになり、またしても助手と呼ばれる。

「いやあ！　虫！」

「うへえ……」

近くで薬効成分のある虫を確認している生徒たちは、ほとんどが貴族なので皆、眉を顰めていた。平気そうにしているのは、ハロルド様とノエル様くらいだ。

「お前、虫が平気なら手が足りない時に虫の解剖を手伝え。器用そうだしな」

「待て。その時間があったら俺と手合わせをする予定なんだ」

虫の解剖と、手合わせ。

淑女らしくない勧誘を受けつつ、ハロルド様とノエル様はそれぞれの目的のために火花を散らしている。

なんだろう。私のために争わないで！　的な展開のはずだが、今回もトキメキというよりも疲労を感じる。

実習どころじゃなくなるので、「ノエル様。この大きさでしたら、丸々一匹使うだけでそれなりの効果が出る薬が一ダース作れますよ。それか育てて卵を産ませて増やしても良いですし」と、貴重な薬の元となる珍しい幼虫を渡しておいた。

珍しいので私が貰いたかったが、この場で争い続けられても困る。渡された虫に夢中なノエル様は、無言になった。

ノエル様の貴重な微笑みが、虫に向けられている……。

二人から解放された後、魔術で手を清めて手製のハンドクリームを塗っていると、「レイラ」と後ろから声をかけられた。

「お疲れ様です、殿下」

フェリクス殿下。彼の登場に心臓が跳ねた心地がした。

どんな対応をして良いのか分からない人ランキング一位のお方が目の前にいらっしゃった。

フェリクス殿下は採取についてあまり詳しくないようで、自分の勉強をしつつリーリエ様の面倒を見ていたらしい。それがどうやら一段落したようで。

「私はあまり教えるのが上手くないからね」

「そんなことないと思いますよ。叔父様やノエル様なんかは人様に教えられるものではありませんから。上には上がいます」

私は思わず遠い目をした。少し毒舌になってしまうのは仕方ない。

天才だから考えることもぶっ飛んでいるし、彼らにはついて行くので精一杯だ。

天才研究者特有のよく分からない言語を翻訳している私からすれば、彼らの言葉は特殊言語だ。

『ここでズギャンと一発攪拌したのを見届けるんだ。見届けた後にさっくりと鍋の底から掻き出して、ぽよんとするように適当な大きさに分けて欲しい』

一度、ノエル様の手伝いに行った時に、これを言われた私の心境を誰か分かってくれないだろうか。笑顔のまま固まった。

『とりあえず、今までの作業工程と流れをおさらいしてからでよろしいですか？』

と、まずは彼の翻訳に必要な単語やフレーズなどを発掘するところから始まった。

叔父様と似たような、助手がいない典型的なパターンである。

彼らは彼らなりの法則というか、パターンがあるので、それらのコツを摑んでしまえば対応出来るようにならないこともない。

叔父様で慣れていたのでなんとか対応したら、「助手にしてやらんこともないぞ！」とかツンデレ全開で勧誘されたのは余談である。

「そういやノエルは、分からないというハロルドに『分からない意味が分からない』とか言っていたっけ。しかも本気に見えた」

「天才の性（さが）だと思います。叔父様も似たようなことを言いますので……。天才で発明もしていますが、教師には向いていないので、今回の話もまだマシな私の方が採用されたのではないでしょうか」

資格はいくつか持っているとはいえ、まだまだ若輩者の私が採用されたのは、あまりにも叔父様がアレだったからだと思う。

「レイラはヴィヴィアンヌ医務官に評価されているからね」

「翻訳機か何かにする気なのだと思いますよ」

内心苦笑しつつも、研究者の助手として生きるのも良いかもしれないと思う。

頭の隅でハロルド様が「女性騎士」と訴えているのは無視することにして。

「それは何？　すごく良い匂いがする」

私の手にあったハンドクリーム。

殺菌作用付きの優れものである。

「前に調合して作りました。薬効成分に……ではなく、薬効成分を持つ特定の虫に警戒されない香りなのです。先ほどの虫、毒はないのですが、体液にかぶれることがありますので、念のため洗ってついでに殺菌をと思いまして。本当は手袋があったら良いのですが、布にくっつくと離れにくいので」

「さすがに毛虫は手摑みじゃないよね？　ちょっと心配になった。前に満面の笑みで毛虫をつついていたノエルを見ていたから、いつか手摑みしそうだなって」

きっとレアな虫か何かを見つけたのだろう。

「それはご心配なく。私もノエル様もさすがにそれはしませんよ。ノエル様は研究者気質ですから知識がありますし、無謀はしませんし。さすがに私も痒いのは嫌です」

虫に慣れたとはいえ、さすがに毛虫は遠慮したい。痛そうだし、痒そうだ。

「ノエルはさっき貴女に何を話していたの？　彼にしては珍しく楽しそうだったから」

「ああ、レアな幼虫をお譲りしまして。ふふ。先ほど、ノエル様に勧誘されました。虫の解剖をしようと」

女子を誘う言葉じゃないのが面白い。

こんなに色気のない会話だというのに、フェリクス殿下は少しだけ眉を顰めた。

「駄目だよ。貴女は女の子なんだから、そう簡単に男と二人きりになるのは」

やけに真剣な顔をされて、その瞳は不本意だと言わんばかりで。

「虫の解剖ですよ？」

「ごめん。私が制限することではないと思うのだけど、ほら。貴女も貴族令嬢だから」

「結婚……ですか。うーん、政略結婚がないならば、結婚はせずに、研究者として一生を過ごすのも良いかなと思いまして」

頭の隅でロマンスの欠片もないプロポーズをしてきたハロルド様が、「修行！」と言っていたが、それもとりあえず無視をする。

フェリクス殿下は衝撃を受けたように固まった。

「え。結婚するつもりないの？」

「……？　まあ、必要に迫られない限りは？　ですかね？　基本的には仕事一筋で生きるつもりでいます」

そう言った瞬間、フェリクス殿下は、とてつもないショックを受けたようで珍しく愕然としていた。

「そうか……。その気はないのか」

「こんな年齢から学園で働いているのは、結婚するつもりはないのだと周りに知らしめている意味合いもあります。……淑女教育は受けておりますので、政略結婚をする準備は出来ておりますが……。まあ、兄が許さないと思いますので……」

その可能性はないに等しい。一度、政略結婚なら否を唱えないと伝えたことがあったのだが、その時の兄は物凄い形相で「政略結婚でレイラを犠牲にするくらいなら、元凶を僕が手ずから潰してあげる」と言われた。

ハイライトが宿っていない目を見て、私は思った。ヒロインとエンドを迎えるのはこの人には無理だと。

「……まあ先のことは分からないからね。備えておくのは良いことだ」

今までやってきた淑女教育……通常よりも厳しいことからして、もしかしなくても王太子妃教育のために詰め込んでいたような気がするのだけど、言わぬが花だろう。

表向き父に従順なフリをしていたため、かなり真面目にこなしてしまったことが悔やまれる。

「今は、自分の仕事をこなして、生きることを目標にしております」

死亡フラグを破壊するのが今の私の優先的な目標だとは言えないけれど。

「そ、そうか」

「殿下？」

もしかしなくても落ち込んでいるような気がするのは、気のせいか。

私があまりそれをついてはいけないことは分かっていた。

私は人の心を弄んだ悪い女で、殿下は私のせいで混乱してしまっている被害者だ。

以前のルナの魔術はどこまで効いたのか、深層心理には記憶が残っているのではないか？

無意識なトラウマになっていないか、時折不安になってしまう。

私が声をかけられずにいたら、心配をさせまいと殿下が優しく笑って、私に何か声をかけようとした。その瞬間。

「フェリクス様ー！」

リーリエ様の鈴を転がすような可愛らしい声が届いて、気まずい空気も会話も全て塗り替えられた。

フェリクス殿下は一瞬わずかに眉を顰めたが、反対に私はほっと胸を撫で下ろしてしまった。

結局のところ、私は狡い人間だ。

「どうしたの？　他の皆を置いて来てしまった？」

「えへへ。フェリクス様が見当たらなかったから、つい……あっ」

リーリエ様は遅れて、そばに私がいることに気付いたようで、目を合わせると怯えるみたいに視線をサッと逸らして、殿下の背中に隠れた。

なぜ!?

私は怯えられるようなことをしたのだろうか？

死亡フラグ的な意味合いでは、ヒロインとは友好的でありたいのだけど、私はどこで失敗したのか。

殿下の背に隠れられたこの状況。

やはり私は悪役令嬢っぽい。

恐らく戦闘訓練の時にハッキリと言ったからかもしれない。キツイ言い方をしたつもりはなくても、彼女にとっては違ったの？

「あの、レイラさん。こんにちは」

「ご機嫌よう、リーリエ様。以前はご無礼を申し上げました。お元気そうで何よりです」

私は間違ったことを言ったつもりはなかった。今でも間違いだなんて思っていなかったけれど、リーリエ様に嫌われてしまうことを恐れてしまった。

ただ、死にたくなくて。私は私なりの人生を歩んで行きたくて。

前みたいに途中で人生が終わるのが嫌で。

謝れば良いなんて問題ではないし、簡単に済ませるものでもないのに。

この時の私にはプライドがなかった。

ただ笑顔でやり過ごそうと、そればかり。

「精霊様と契約なんて、私などが口を出す必要はありませんでしたね。これからも頑張ってくださいね。私は陰ながら応援しておりますので」

心にもないことを口にすると、リーリエ様は殿下の背中から顔を出し、首を振った。

「いいえ、レイラさんが謝ることはないの。ついキツイ言い方をしちゃうことは誰にでもあるもん」

「ありがとうございます。リーリエ様」

「それで二人は何を話していたの？　とても仲が良さそうだったから……。もしかして、私邪魔？」

わずかに潤んだその瞳。仲間外れにされた気がしたのかもしれない。

結婚のことを話していたなんて意味深なので、その前の話のことを伝えておく。

「単なる虫の解剖の話ですよ。さすがに女の子は嫌がると思ったので。なんたって虫がバラバラになりますから」

何の害もない、ただの虫の話です。

強調しているように感じるのも気のせいです。

リーリエ様はここでようやく笑顔を見せた。

「レイラさんって男らしいいね。頼りがいがありそう」

「リーリエ嬢？　女性にそういうことを言うのは失礼だから。気をつけた方が良い」

「あっ、ごめんなさい……」

慌てて口を押さえて申し訳なさそうに俯くと、ピンクブロンドの髪が揺れる。とても綺麗だ。

ただ、リーリエ様は殿下に注意されたことをずいぶんと気にしているようで。

少しでも気まずさを払拭したくて、私はおどけてみせた。

「ふふ。学園を卒業する際に卒業論文をいくつか書いたのですが、そのうちの一つがある薬効成分についての研究課題だったのです。その薬効成分はある幼虫を材料にしていまして」

「え？」

何を言われているのか分からないらしい彼女に、私は続ける。

「私も元々は虫嫌いだったのですが、研究課題が修羅場になっていくにつれて、虫のことをただの薬の材料としか思えなくなってしまって……気が付けば、こんな風になりました」

こんな風。つまりは幼虫を手で摑む令嬢のことだ。

「まあ、そんな研究課題を選んだ私の自己責任なのですけれど」

昔のトラウマ級の記憶を呼び起こした私は遠い目をする。

ああ、昔の私にはもう戻れない……。

そんな話をしている最中のことだった。

フェリクス殿下は、はっと何かに気付いたように目を見開いた。

空気がピリリと引き締まる。

「なんだと？　こんな反応……ここではありえない」

『ご主人！　危険だ。魔獣の群れがいる』

フェリクス殿下と同時に、ルナが緊急事態を訴えたのだ。

「緊急！」

直後に教師の一人が叫ぶ。

生徒たちが右往左往している中、ハロルド様が腹の底から叫んだ。

「魔獣の気配を探知した！　魔狼だ！　この付近ではありえない反応だ！　パターンCを想定して、速やかに逃走経路を確保した！　避難誘導を開始する！」

ああ。やはり襲われる運命は変わらなかった。

周囲を警戒しているフェリクス殿下は、私とリーリエ様を守るように前に出ている。

「ますます、近くなってきているようだね。この気配は魔狼……？　それも群れか」

ルナが言った通りのことを殿下も口にする。

「フェリクス様！」

リーリエ様は魔狼の群れと聞いた瞬間、怯えて殿下の背中へとしがみついた。

「落ち着いて、リーリエ嬢。自分の足で立つんだ。訓練を思い出して、しっかりと前を向くんだ。しがみつかれていたら動けない」

守ろうと思っても守れない、とでも言いたげに、殿下は腰に帯びていた剣に利き手を添えた。

「リーリエ様、大丈夫です。私もいますから」

目の前の怯え切ってふるふると震えている少女の手を握る。

彼女はひたすら涙目で首を振るだけだ。

「兄上！　退避準備は出来ました」

「ユーリ、魔狼側に遠隔から隠蔽魔術を施しておいた。少しは時間稼ぎになるはずだ」

「いつの間に!?」

リーリエ様を宥めながら周囲を警戒しつつ、殿下はそんな離れ業をやってのけた。

『ふむ。魔狼たちの鼻も一時的に効かないようだ。王太子の言った通り、罠は正しく発動している。それと、一匹、致命傷を負っているため、理性をなくしているようだ。関わらない方が良い』

ルナの情報に顔が青ざめた。致命傷を負った魔獣は、最後の足掻(あが)きとばかりに凶暴になることが多いのだ。

魔獣は死に際こそパワフルだ。

「レイラ、リーリエ嬢、とにかく戦う装備はないから、今は逃げるよ」

「はい、殿下。それと、魔狼の群れの中に一匹、致命傷を負った獣がいるようです。厄介なことになるかもしれません」

「何？……この近くの騎士団駐屯地に連絡を入れないと。人里に下りたら危険だ」

死に際に少しでも回復しようと、人里に下りる魔獣がいるのだ。

回復方法？　つまりは、捕食。

群れの場合であれば、恐ろしいことになる。

「人里!?　この近くの街が襲われるんですか!?」

リーリエ様が悲鳴のような声で問うてきた。

「ええ。だから私たちも危険――」

逃げようと言いかけた折に、リーリエ様は私の手を振り払う。

「魔獣を倒さなきゃ！」

恐ろしいことを言い出したのだ。

「ダメだ！　危険すぎる！」

「ダメです！　逃げますよ！」

私と殿下の声が重なった。

意見は一致している。

シナリオ上だとリーリエ様は精霊を呼び出して解決していたような気がしないでもないけど、当事者としては、一緒に逃げて欲しい。

「だって、このままだと魔獣が群れで人里に下りちゃうんでしょ？　騎士団任せにしたら、その人たちも怪我しちゃう。この間みたいに精霊に頼んで回避出来るかも」

「リーリエ様が危ないですから！」

リーリエ様は私をきっと睨んだ。

「レイラさん！　私たちに出来ることがあるんだよ?!　力があるのに使わないのは、罪だよ。なんとか出来る力があるのに、何もしなかったせいで傷付く人が出てくるのに！」

チラリと殿下を見やると、彼は苦々しい顔つきをして小さく溜息をついた。

「精霊とは契約したばかりだろう？　まだ練度が足りないはずだよ。そんな不確定な要素に頼るより、出直した方が良い。ちょうど今、魔術で騎士団に要請を入れた。人里に下りる前には間に合うと思う」

「でも！　わざわざ血を流すなんて！　もし、私が抑えることが出来たら、怪我をする人もいないかもしれないのに！」

殿下は、リーリエ様の腕を摑むと、傍らにいたユーリ殿下に言った。

「行こう。案内してくれる？」

「え！　でも、まだ！」

まだ納得していなかったリーリエ様をそのまま無理やり引っ張ると、「これは命令だ」とフェリクス殿下は一喝した。

ビクリと身を震わせるリーリエ様は、とりあえず頷いた。

前方に教師が一人。

最後尾にもう一人の教師がついて、生徒たちを守るように挟み込む。

フェリクス殿下とリーリエ様の周りにはお馴染みのメンバーが護衛として張っている。

ノエル様と教師二人が防御膜を張って、辺りを警戒している。

私も安全のため、最後尾の教師の少し前を歩いている。

魔獣から探知されることなく、安全に退避ルートを移動している最中のことだった。

『おかしい』

ルナ？　ルナが何かを察知したらしい。

『反応が一気に増えた。回り込んでいる個体も数匹。それにこれは……』

ルナが気付き、教師二人と王子二人も気付いたらしい。

フェリクス殿下がぽそりと口にした。

「人為的なものを感じる。魔獣を召喚する魔法陣のようなものがあるような？」

ユーリ殿下も笑っていなかった。

「ちょっと、おかしいよ。これ。回り込んだ奴らが徐々に距離を縮めているし、ますます増えている」

つまり、私たちを袋叩きにしようとしている？

「離脱する方針でしたが、このまま進むと魔獣と出会う確率が高い。応援が駆けつけるまで耐え忍ぶ方針に変えます」

教師はもう一人の教師に何かを合図する。

「素敵か……分かった」

教師の一人は、辺りを窺うことにしたらしい。

私の方へと近付くと、小声で尋ねてきた。

「ヴィヴィアンヌ嬢は、やり手と聞いた。手が足りない状況だが、君は何が出来るだろうか？」

藁(わら)にも縋る思いなのかもしれない。

私は通信過程で卒業したのみで、飛び級卒業という華々しい実績があるわけではなかった。

いくつかの資格を持っているだけの職業婦人のようなもの。

それでもなぜか、周囲の評価はじわじわと上がっていて、こういう時にどうにか出来る能力があると思われている。

何やら誤解されているが、正面切って戦うのは得意ではないのだ。

なのに、縋るような目を向けられるほどには期待されている。猫の手も借りたいのだろう。

私が出来るのはサポートだけだが。

教師に小声で相談し、分担することにした。

他の生徒たちや、何より殿下たちに気付かれないように、私とルナは列からそっと抜け出したのだった。

『やることは分かっているのか、ご主人』

「ルナ。私の足になってくれる？」

『承知した』

私の後ろからズズッと出てきた一つの影が狼の姿を形成し、私の横に寄り添っていた。

人一人乗せるくらい余裕な大きさを持つルナは、私が背中に乗りやすいように身を屈めた。

『相手は手負いを含めた魔獣の群れ。普通に魔術を使うと興奮させてしまうからな。呼び寄せるにしても、無茶ぶりだが少しでも刺激を与えない方法を取った方が良いぞ。ご主人を守り切ることが出来なくなるのは私も困る』

「刺激を与えない方法……。音声魔術とか？」

魔力が少なくても使うことが出来る、古くから伝わってきた魔術。音に魔力を乗せて効果を発揮させるという魔法なのだが、使い手はあまりいないらしい。

少ない魔力で大きな効果を発揮するとはいえ、詠唱歌は一言一句、半音でもズレてはいけないという、難易度の高い発動条件を誇るのだ。

それをするくらいなら、普通に魔力消費を抑える工夫をして魔術を使った方が早いと言われている。

使う必要性を感じられないと廃れてしまっているが、昔から歌が好きだった私は数少ない音声魔術の使い手であり、教育免許資格を持っているのだ。

この音声魔術の良いところは、普段から訓練必須の通常の魔術とは違って、音やリズムさえ合っていれば誰でも使えるという点。

そう。誰でも使えるのだ。ほんの少しの魔力があって、それを声に乗せることさえ出来れば。

世界で最も簡単な魔術でもあり、最も難しいとも言われる魔術。

少なくとも私にとっては普通に魔術を使うよりも確実な方法だった。音程や詠唱歌が合ってさえいれば使えるのだから。一通り暗記はしているし。

通常の魔術の腕は……身体強化以外の実技は一度くらいしか経験していないし、期待出来ないのだ。

だけど、さすがに魔獣の攻撃を回避しながら歌うのは無理だったので、ここでルナの出番。

私を背中に乗せたルナはいくつかの魔法を使った。衝撃を緩和する魔法に、私を落とさないように見えざる手で支える魔法。十分な空気が入るようにもしてくれた。

『存分に歌え。我が主よ。どれだけここに呼び寄せようとも全て私が捩じ伏せてみせる』

その柔らかな毛に指を埋めて、少し弄ぶとルナはくすぐったそうに身震いした。

頼もしいルナの言葉に覚悟は決まった。

半分ほどでも良い。ここに魔狼を引き付けてみせる。

私よりも、もう一人のあの教師の方が大変な役目を担っているのだから。

私には頼れる精霊がいるのに、怖がってばかりもいられない。

「狼たちをここに呼び寄せてみせる」

私の言葉の後、ルナが遠吠えをした。

森中に響き渡るほど、高く勇ましく、そして力強い狼の声。

魔狼たちの意識がこちらに向いた一瞬、私は魔力を声に乗せて紡ぎ始めた。

音とリズムさえ合っていれば出来る魔術を。

その詠唱に込められた意味を全て理解しなくとも、刻まれた歌詞と音だけはなぞることが出来たから。

ルナがグルル、と小さく唸り声を上げ始めた時、周囲の気配がガラリと変わる。

怯えて声が裏返りそうになったけれど、ここで集中を切らしてはいけない。

私たちが危険に晒されているのはいまさらだ。

私はパートナーを信じるのみ。

『ご主人。そなたは目を瞑って身を任せてくれれば良い。歌を止めずにな』

大丈夫……と伝える代わりに軽く微笑んだ。

周囲には瘴気を纏って舌なめずりをした魔狼の群れ。

怪我か何かで重傷を負った魔狼はいないらしい。

じりじりとこちらを取り囲み、距離を縮めていく魔狼たちは、ルナの背中に腰掛けている私に狙いを定めたようだ。

一気に飛びかかって来るそれらに内心怯えつつも、私は魔獣を呼び寄せるための誘いの歌を止めない。

ルナは大きく口を開くと、牙を見せる。

その瞬間、直接触れたわけでもないのに、ルナの周囲にいた獣たちは見えない牙に貫かれたように、体から血を吹き出した。

ぎゅっと、目を閉じながらも私は魔力を注ぎ続け、歌を止めなかった。

『他愛もない。ご主人、もっと獲物を寄越せ』

それは飢えた獣の衝動なのか。人型でないから分からないけれど、ルナの声はご馳走を並べた時みたいに上機嫌で。

私の声か、歌か、魔力か、どれかは分からないけれど、それらに引き寄せられた獣たちはルナに皆殺しにされる。

ルナの周囲に闇色をしたサークルが描かれ、そこに入り込んだ獣たちは硫酸を浴びたように溶けていった。

飛びかかってくる前にルナは決着をつける。

『時折魔法の練習をしないと、錆びつくからな。私にも好都合だったのだ』

声には焦りなんか微塵もなくて。普段のもふもふ子犬姿や、もふもふ鼻姿、そして無愛想な青年の姿しか見ていない私は、ルナが闇の精霊として力を行使している姿はあまり見たことがなかった。

いつもあんなに、もふもふなのに……、こんなに強いなんて。

なんか無闇矢鱈に体をもふるのは、失礼なのではないかといまさらながらに思えてくる。

ルナが私を背中に乗せたまま、跳躍した。

どうやら肉弾戦に移行したらしいが、どういう理屈の魔法なのか、背中に乗っている私に衝撃や風圧が一切来ない。

景色が目まぐるしく変わっていく。次から次へと反転したり、視線の位置が変わったりするけれど、私には影響がない。酔うこともない。

ルナがチートだった。

私の役目といえば、ルナのために獲物を呼び寄せるだけ。

徐々にこちらに来る獣が少なくなり始めた頃、火炎弾が花火のように空に上がったのを見た。

魔術を使い、加工された火は七色に明滅した。

『手負いはお前か。ここに来たことを幸運だと思うんだな！』

悪役も真っ青になる台詞を吐きながら、ルナが最後の一匹の喉に噛み付いたのを見届けて、私は詠唱歌を口ずさむのを止めた。

「どうやら、魔獣の召喚陣を破壊したらしいわね」

二手に分かれ、私が魔獣を引き付け、その隙に教師の一人が召喚陣を破壊する手筈で、合図を決めていたのだ。

最後の一人の教師は生徒たちを守るという役目。

『魔獣を引き付けることなら出来ますが、全てを引き付けることが出来るかは分かりません』

『それで十分だ！　ありがとう！　こちらは辺りを探るついでに魔獣の召喚陣を破壊するつもりだったのだが、そうなるとそちらに負担がかかるかもしれない』

『……私と先生、どちらも危険ですから、お互いに武運を祈ることとしましょう』

『すまない。ありがとう』

そういうわけで、こちらは問題ないという合図として、私も先ほどの教師にこの辺りの様子などを書き連ねた手紙を魔術で飛ばした。

「半分ほど、魔獣は引き付けられなかったけど、もしかしたら残りの半分は生徒たちのところに行ったかもしれない」

『あそこには手練がいるからな。半分ほどなら問題はないだろう。王太子がどうにかしているはず』

フェリクス殿下やノエル様の技を見ているルナのお墨付きだ。

フェリクス殿下やユーリ殿下は護衛など必要ないくらいに強いけれど、そのお立場を考えるとあまり危険に晒すのはどうかと思う。

それでもこうして課外授業に参加するのは、護衛としてハロルド様やノエル様がいるからなのだろう。

そして、ハロルド様の剣術は一線を画している。その剣さばきは神がかっており、常人から見れば動きなど捉えられないほどだ。

この間の人工魔獣の討伐の時、ハロルド様の判定はEランクだった。

なぜって、魔術を一切使わずに人工魔獣を倒したからだ。

そんな強い人があの場にいるというだけで、今の私は安堵している。

魔獣召喚陣も破壊したし、手負いの魔獣もルナが始末した。半分ほどに減った魔獣ならばどうにかなる。

私も合流して……。

「ん？」

辺りを見渡した私は、ルナを振り返る。

「ルナってこの辺がどこだか分かる？」

『知らん。そういうのはご主人担当だろう？　私は方角など知らん』

どうやら、この周辺の方角の把握などは、今回私に任せ切りにしていたらしい。

動物として致命的じゃないの？　と思ったけど、ルナは動物じゃなくて精霊だった。

第九章　暗闇の中の芽生え

日が落ちてしまった時点で、私は道を探すのを諦めた。少しだけ周囲を探ってみたのだけれど、余計に迷う気がしたので、素直に助けを求める方が良いと判断した。

本当は二度手間をかけさせたくなかったし、自分で帰りたかったのだけれども……。

戦っていた時間がけっこう長かったのかもしれないなあ。気が付けば夕方に……。

暗くなり始めると逆に危険。

というか遭難した時は、動かないで助けを求めた方が良いので、何通か手紙を魔術で送った。

一晩くらいなら野宿するということと、夜が明けたら助けて欲しいということを。

それから、採取などをしているおかげで野宿には慣れていることも。

もっとも、採取をする時は基本誰かと一緒だった。

家にいた時は、お兄様がいつもついてきてくれたっけ。

テントが豪華だったおかげで、野宿というよりもお兄様とアウトドアを楽しんでいるみたいだった。

そんな時、お兄様はいつもご機嫌だったなあ。

『その音声魔術とやら、火をつけるのも出来るのだな。まあ手間の割には、地味だが』

焚き火の火がパチパチと鳴っていた。

持っていたハンカチを地面に敷いて、その上に腰を下ろす。

白衣の下はシンプルなワンピースなので、少し冷えてしまう。火に手をかざして暖を取っていた。

「まあ……ね。うん、地味だけどけっこう色々出来るわよ。ルナじゃないけど、私も練習ついでにね」

間違ってさえいなければ問題ないので、練習の必要性はない気がするけれど。

普通の魔術は鍛錬必須で、使わないと感覚が錆びついていく。

ルナが座り込んだところに私も寄り添って、そのフワフワとした毛に顔を埋めておく。

『ご主人は私の毛が好きだな。今度、毛を毟って贈ろうか』

「そういうのじゃないです。痛いのはけっこうです」

ルナのズレた発言にツッコミを入れつつ、夜の帳が下りて真っ暗になった空を見上げると、森の中だからか星空が綺麗で。

まるで吸い込まれそう。

私は一つ溜息をついた。

「ルナ。弱音吐いても良い？」

『なんだ』

「別に理由はないのだけど、孤独感に押し潰されそうなの」

一人で道に迷ってしまい、ルナしかそばにいない中、ふと思ってしまうのだ。

私って一人なんだなあって。家族がいなかったら、そばに誰もいないんだなって。

私が友人作りを怠っているから当たり前なのだけれど。

医務室で顔見知りは多いし、仲良く話す生徒もいるし、皆良くしてくれるけれど、私は彼らと深い関係を築いているわけではない。

彼らにとっては、たまたま医務室にいてたまたま話すだけの通りすがりの人間。

それを私は受け入れているけれど、こういう時ふと寂しくなる。

例えるなら、普段は気にしないけれど、授業で誰かとペアを組む際、一人あぶれてしまった時の悲しさに似ている。

普段人を拒絶しているというのに、こういう時だけ寂しくなるのだから、私は面倒な人間だ。

さすがに自覚している。

『ご主人は闇の魔力の持ち主で、私のような闇の精霊と契約しているというのに、暗いところが苦手だからな。月花草の時もよく取りに行こうと考えたものだ』

「ルナがいるから怖くないって思ったの」

私が怖いのは孤独の暗闇だ。

『本当にそなたは面白い。変わった魂をしているな』

「それいつも言うよね」

ルナに身を寄せていると、もふもふの狼の姿が変化した。

「慰めになるかは分からないが、とりあえず兄だと思って縋りつくが良い。……いや、あの兄だと思われたくはないから、今のはなしで頼む」

隣に、人型のルナがいつも通りの無表情で膝を立てて座っていた。

「ルナって、お兄様のこと苦手よね」

「そなたの体に入った時に、あの兄の対応をしたのだが、あれはもうトラウマ級の出来事だった。よくあの兄の相手が出来ると、私はご主人を心から尊敬する」

本気でこちらを尊敬の眼差しで見てくるので、兄が少し可哀想になった。

「ああ見えて優秀なのに。お兄様は。領地経営もそうだし、立派な跡取りとして一通りのことはこなせるし、それにかっこいいからモテるのよ。見た目も素敵でしょう？」

「見た目はな」

辛辣である。

「まあ、少し妹を溺愛しすぎていて、将来結婚出来るのかとか、不安はあるけど」

「少し？」

ルナがこちらを驚愕の眼差しで見つめている。少し非難の色さえ見えるのはなぜなのか。

ルナにとって、あの兄は相当ヤバいらしい。

私の知らない間に何があったのか。

思えば、兄は攻略対象だ。なのに、今は領地にいる。

攻略対象なのに今回脱落したのは、思った以上にシスコンになってしまったから。

リーリエ様と結婚しなかったらどうなってしまうのか。

ふと攻略対象を思い返してみると、リーリエ様と結ばれなかった場合、普通に幸せな結婚が出来るのか不安なメンバーばかりだ。

ハロルド様は脳筋すぎて仕事に生きそうだし、ノエル様は研究者気質で変わり者、そのうえ人嫌い。

ユーリ殿下は、隠れブラコンで相当フェリクス殿下に忠誠を誓っているから、結婚したとしても愛のある結婚をしなさそう。というか、兄上を優先しすぎて失敗しそう。

うーん。リーリエ様と結婚出来なかったとしても、他の人とまともに結婚出来そうなのはフェリクス殿下だけではないだろうか。

あのメンバーの中で一番普通というか、常識人というか、婚約者をそれなりに大切にしそうなイメージ。ゲームの中でレイラは死んだけどね。

「私は思うのだが」

ルナが寒さに震えていた私の肩を抱き寄せて、コートの中に入れてくれた。

あ。暖かい。

「あの王子の求婚を受けて婚約者になれば、それなりに幸せになれるのではないかと」

それ、私が死ぬやつ。

シナリオに近い形であのメンバーに関わると、何が起こるか分からない。

特にリーリエ様には敵意も友愛も抱かれてはいけない。

医務室にいる他人として、良識的な範囲内かつ他人としてそれなりに手を貸す。そのスタンスで間違いない……はず！

「私、政略結婚は良いけど、そういう……男の子とお付き合いとかはちょっと……」

「前から不思議に思っていた。貴族の女というのは男のことばかり考えるものではないのか」

「言い方！」

貴族の女性には確かにそういう面があるけれど、この国では二十歳ですら行き遅れとか言われるので皆必死なのだ。

前世の記憶持ちの私からすれば、なんて世界だ！　と思うけど、この世界では普通のことで。

打算しかないのは嫌だけれど、そうなっても仕方ない。というか、責められない。

どこの家も必死なのだ。結婚という契約を成し遂げ、領地の人々の安寧のため、義務を果たさなければならない。

それらを伝えると、ルナは首を傾げる。

「ご主人も結婚するのか？」

「必要なら。そのために淑女教育は幼い頃からこなしているし、嫁げと言われるならどこへでも」

違和感はあるが、それが義務なら我儘を言うつもりはない。

まあ、物凄い年上の男や、虐待してくるような男のところでなければ。

政略結婚をさせられることは今のところ、なさそうだけど、人生何が起こるか分からない。好きなことが出来るのは今だけかも。仕事に生きたいとは思っているけれど、結婚の必要があるならば、私にはその覚悟はあった。拒否するつもりは特にない。

「達観しているな」

「それに愛だの恋だのよりは、政略結婚の方が信じられるの。家同士の契約関係の方が私は安心出来る」

裏切られても大抵は法律が守ってくれる。お兄様やお父様なら上手くやるだろうとも思う。

「ふむ。そなたはあれだ。何が原因かは知らんが、極度の人間不信だな」

「うん、そうかもしれない」

「皆を信じられないからこそ、番が誰であろうと構わないと割り切っている」

「今日のルナの言葉は耳が痛いわね」

そっか。私、誰でも良いんだ。

ルナに言われて気付いた。政略結婚に対して何も思わなかった理由も。

割り切っている理由も。

そしてこれだけ人嫌いの癖に、私は寂しいなんて感情が残っている。

私だけ取り残されてしまうのではないかという寂寥（せきりょう）感。

「本当だ。私、矛盾してる」

「その歪（いびつ）さも含めて、私はご主人を気に入っている。人間嫌いの癖に酷く善良だ。どうなって、そんな面白い精神構造になったのやら」

「面白がってる……」

前世の影響がとても大きい。

それを理解しつつも、幼い頃から人見知りだった。そうとは見せなかったけれど。

「まあ、ご主人のことは一つまた理解した。結婚を拒否するつもりはない、と」

「まあ、ね。結婚出来るか分からないけど」

「確かに」

お兄様の暗躍のせいで。

彼は常日頃から言っている。

『レイラの政略結婚を阻止するくらいには、領地を充実させてみせる。必要なければ、政略結婚などしなくて良いのだから！』

幼い頃の戯言(ざれごと)をいまだに彼は本気にしている。

幼い頃の戯言……。つまり、お兄様のそばにずっといる！　とかいうあれだ。

「私、どこへでも行けるわ。どこでもやっていけると思う。だから、そのために手に職を付けたっていうのもある」

医療系の資格があれば、万が一のことがあっても食い扶持(ぶち)を稼ぐくらいは出来るし、どんな生き方をしようとも生き残ったら私の勝ち。

ルナがいてくれたらそれで良い。

精霊は契約者に嘘をつくことはない。

私にとってそれは大きな意味を持っている。

人型のルナの手は少々冷たい。男性の手ということで節くれだっている。

それをなんとなくなぞっていれば、ルナは困ったように呟いた。

「ご主人。私は精霊だ。申し訳ないが、人間の代わりにはなれない」

「知ってる。ルナにはそれを求めてないから安心して」

むしろ本当に人間だったら、一線引いているだろう。

依存は多少あるかもしれないけど、人間の代わりにはしない。

「そなたの先行きが不安だな」

「本当に兄みたい」

「アレと一緒にされたくない」

ルナが嫌だ嫌だと言うお兄様。

今度会わせてみたい。精霊がいると言ったら、少しは過保護も鳴りを潜めるだろうか？

「ご主人。今、不穏なことを考えたな？」

「気のせい！　気のせい！」

「それとな、ご主人。そなたは一人のつもりでいるかもしれんが、それを認めない者もいるのだ。すぐそこに迎えに来ている」

「え？　迎えに来るって……もしかしてホラー!?」

「そういう冗談は言わずとも良い。相手は正真正銘の人間だ」

ルナに呆れられた。

いやいや、こんな森の奥。こんな暗闇に人が来るはず……。

ガサガサと揺れる木々。

ざくりざくりと草を踏む音。

「レイラ?」

「えっ?」

ほらな、と言わんばかりのルナに肩を抱かれたまま、私は予想外の人物の出現に、心の底から驚いていた。

フェリクス殿下、なぜ貴方はここにいるのですか?

ルナは一人こっそりと呟いていた。

「もしかしなくても、これは修羅場か?」

ルナは私の肩に回していた手をさり気なく離した。

今、この場所にいるはずもない人の声と姿に私は驚いていた。

ルナは私の肩から手を離しつつも、何やらばつが悪そうにしていて。

「彼女から離れてくれ」

殿下は氷のような目をルナに向けながら、私の腕を引っ張ってルナから引き離した。

一言だけなのに、この場に冷気でも漂っているようだった。

声も冷えていた。冷たくも燃え盛るような声音。

いつも紳士的な笑顔を浮かべている殿下にしては珍しかった。

掴まれた腕が痛いような気がするのだけど。

「……ごめん。痛かったね」

「いえ、大丈夫です」

痛がった私を見て、すぐに手を離してくれた。

「そなたがそこまで怒るのは珍しい」

純粋に驚いたからこそ零れ落ちた言葉なのだろうが、それを耳にした殿下は機嫌が悪そうに思い切り眉を顰めた。

「未婚の女性に馴れ馴れしいのは、どうかと思う。肩を抱き寄せてあそこまで密着するのは良くない」

「そう噛みつかずとも、私たちはそなたの心配しているような関係ではないぞ。……なんなら私は外すが？　ちょうど、この周辺を一周して異変を確認しておこうと思ったのだ」

ルナは危険を察知出来るから、これは嘘だと思った。

目的があるとすれば、魔獣の死体処理や隠蔽(いんぺい)くらいだと思う。

「ご主人。上手くやれ」

激励の言葉。

つまり、ルナは私と殿下に話す時間をくれたのだろう。

ルナが緩慢とした足取りでこの場から去って行くのを見届けると、殿下は私に向き直る。

「元気そうで良かった。それにすぐに見つけられた」

先ほどとは違い、柔らかな笑みを浮かべながら温度のある瞳を向ける。

「あの、ルナは私の家族みたいな従者で……」

「家族？　それにしては近すぎるよ」

「……」

これ以上何を言っても不興を買うだけだと思った私は、他に言うべき言葉を探す。

えっと、この状況は……。

考えた挙句に出てきた言葉は、この状況に最も適していると思う。

「あの……殿下。この度はご迷惑おかけいたしました。私は問題ありません。その様子ですと、先生方や他の生徒さんは街へ下りられたようですね」

「うん。私たちの方は無事に合流出来た」

「すみません。見知らぬ場所に迷い込みまして……。気が付けば暗くなってしまったので、こんな形に」

すなわち野宿。食料などは持ってきているし、何ならテントも用意しようと思えば出来る。

気疲れして何も出来なかっただけで。

「なぜレイラが謝るの？」

「ご迷惑をおかけしたので」

「何を言ってるの。迷惑なんてかけてないし、それに私は」

殿下は一瞬、口を閉ざしたけれど、よく聞いてくれと言わんばかりに私と視線を合わせた。

逃げようもないくらいに。

「ただすごく、心配した」

ルナに対して、「肩を抱き寄せるな」「密着するな」と言った本人が私を抱き寄せ、自らの腕の中へと閉じ込めた。

「あ、あの！　殿下！」

背中に手を回され体が密着してしまい、どちらのものか分からない鼓動の音がドクンドクンと激しく鳴っている。

首元に顔を埋められてパニックになる私とは対照的に、殿下は安堵したように小さく息を吐いた。

首筋に当たる吐息がくすぐったくて、押し返そうともがいたら、殿下はあっさりと私を解放した。

「彼にあんなことを言いながら、こんなことをしたのは謝る。だけど、反省はしない」

開き直っていらっしゃる。

顔が熱くて仕方なくて、パタパタと誤魔化すように手を振っている私を見て、目を細めたりなんてしている。

先ほど私が座っていた辺りに座った殿下は、私に手招きした。

「お互いに状況説明をしようか」

素直に彼の隣に腰掛けると、いつぞやのように、殿下が私の手の甲に自分の手を重ねてきた。

魔力をじわじわと注ぎ込まれる感覚に、私は身体の力を少し抜いた。

暖かい。

体の芯から温まるような。

実を言うと私の魔力消費は激しかった。

魔獣を呼び寄せるために使った音声魔術に関してはそこまで消費しなかったのだが、問題は契約した精霊の力を使ったことだ。

精霊の魔力は契約者が負担し、その魔力を消費することによって精霊は魔法を使う。

精霊と意思疎通をし、その能力を貸してもらうとはいえ、魔力は自分依存なため、結局のところチートではない。

それ相応に疲労して動けなくなるので、注意が必要だ。

道を探すのを諦めたのも、実は疲れていたからでもある。

必要最低限の修行じゃダメだなあ。

体力、魔力を増幅させるために工夫しないと。

私の実技参加もそろそろ本格的に始まることだし。

「前よりも手が冷えてる」

自分の手で温めるように私の手を包み込む、大きな手。

純粋に心配してくれているからこそ、少しの接触を意識してしまうのが申し訳ない。

手は冷たいのに、顔だけは上気している私を見ても、殿下は何も言わないでくれた。

気付いてはいるみたいで、少し頬を緩めていたけど。

この人、絶対タラシだ。無自覚タラシ。

「先生が召喚陣を破壊している間に、レイラは囮役をしていたと聞いた。魔獣の半分も。……私たちを助けてくれてありがとう」

苦々しい顔をしているのは、どういう心境からなのだろう。

感謝の念も感じるけれど、ずいぶんと心配をかけてしまったらしく、難しい顔をされている。

重ねていた手は、きゅっと握り締められ、それは離すことが出来なくなった。

「半分……。そう、半分しか引き寄せられなかったのです。残りの半分はどうされました？」

どうにかして追い払ってくれたのだろう。

殿下を始めとしてあの場所には手練がたくさんいた。

「最初は、先生方とノエルが結界を強化して魔獣の攻撃を受け止め、私とハロルドとユーリが攻撃魔術を使って殺す予定だった」

「予定、だった？」

追い払ったのだろうか？　それにしては、もうこの森に魔獣がいないのはおかしい。

「魔獣も必死の形相で。私たちも容赦なく攻撃していたのだけど、それをリーリエ嬢が止めたんだ」

殿下の説明によると、リーリエ様は契約した精霊の力を発揮し、浄化の魔法を使ったらしい。その豊潤な魔力と一点の穢れすらない神々しく神聖な光が魔獣を包み、瘴気を全て取り払ったらしい。

その結果、瘴気を取り除いて残ったのは、狼の群れが穏やかに眠りにつく光景。

どうやら元々は動物だったものが、何かの原因で魔獣となっていたらしい。

「彼女の力によって、浄化された動物たちはしばらくすると森の奥へと戻って行った。印象的だったのは、リーリエ嬢にお礼でも言うかのように振り向いた狼たちだ」

「……」

原作と同じだ。

フェリクス殿下を始めとした仲間たちに協力してもらい、狼の群れを浄化し、この危機を乗り越えたのだ。

「さすが、リーリエ様です」

さすがヒロインだと思った。生き物を傷付けない慈悲の心に、それを貫くことが出来る力を持っている。

口だけではなく、それをやり遂げる実力があったのだ。

リーリエ様自身に何を思っているわけでもないけど、少しだけ虚しくなった。

戦闘について私が説いたことも、きっと彼女には必要なくて。

結局のところ、口煩い令嬢というイメージを与えてしまっただけになったのだ。

これだけ足掻いているのに、シナリオがほとんど逸れることがなかったことも、虚しい。

あ……。でも、レイラの怪我は阻止出来た？

私は怪我が残ることもなく、ここにいる。

それに私は今、一人ぼっちじゃない。

私は仄かな歓喜に震えている。

なぜ、殿下がここにいるのか、その理由に期待している自分を抑えつけながら、問いかけた。

「殿下は、どうしてここにいらっしゃるのですか？」

期待しても良いの？　助けに来てくれたって。

散々この人を拒絶しておきながら、都合の良いことに私は期待している。

それなのに、言葉にされることに対しての怯えのようなものもあって。

相反する思いに自分の不誠実さや自己中心的な性質を自覚した。

嫌な、女。

汚い。穢い。きたない。

どうして、私はこうなんだろう。

殿下の指が私の指の間に絡みつき、優しく指の腹で愛撫でもするように触れられる。

「忘れ物をしたから、取りに来たんだ」

何を忘れたのかは言わないまま、彼は私から視線を外さない。

「それは、見つかったのですか？」

「うん。見つかったよ、レイラ」

手の温度に、声の温度に、胸の奥が締め付けられた。

名前を呼ぶ声に涙が出そうになる。

簡単すぎる言葉遊び。お互いに何を意味しているか、分かったうえで何も言わない。

彼の優しい声で、私はそれを知っていたし。

彼も私の眦（まなじり）に浮かぶ涙で、私の気持ちなどおおよそ察してしまっている。

そっとハンカチを差し出されて、それを受け取った。

「ありがとうございます、フェリクス殿下」

何に対してのお礼なのか、殿下は知っている。

複数の意味を込めた『ありがとう』に彼は優しく目を細めた。

フェリクス殿下は、表向きにはそうとは見せないが、非生産的なことや非効率を嫌う冷徹な部分があり、意味のないことはしない人だった。

そんな人が、今ここにいる事実。そこに何かしらの意味があるのは確実で、私は泣きそうになってしまった。

淑女として、これ以上涙を零す真似はしたくなくて、目をぱちぱちと瞬かせて誤魔化した。

手の温もりに私は少しおかしくなってしまったのかもしれない。

重ねられた手のひらを握り返したくて仕方ないなんて。

なんてはしたない……。

私が誤魔化すように首を振っていたところを、親しげに呼ぶ殿下の声。

「レイラ」

自分の名前なのにそれが特別な響きに聞こえたのはなぜなのか、その理由を考えるのは止めておこう。

「明るくなったらここを出ようか。道に迷ったレイラと、忘れ物を拾いに来た私が、道中たまたま会うのも不思議じゃない。行先は同じなのだから」

ハンカチを出した際に、殿下のポケットからヒラリと落ちたのは、見覚えのある手紙。

「私が送った手紙……？」

野宿する旨と、無事であるということを綴った手紙。それを魔術で届けた。

伯爵令嬢の私が一人野宿するのは問題なので、従者も呼び寄せたということも綴ってあった。

「ほう」

「きゃあ、ルナ!?」

ひょいと私の横から覗き込むルナ。突然横から現れるのは心臓に悪い！

「ふむ。逆探知系の魔術の痕跡があるな。どこから送られたのか探るのは最適だが、王太子よ。そなたはそんな魔術も扱えたか。大方、ご主人を探すために——」

「それ以上は何も言うな」

殿下は私の耳を塞いでしまったので、突然現れたルナの言葉は途中で聞こえなくなった。

耳を塞ぐその大きな手に意識してしまった私は、深く物事を考えられなくなった。

どうしよう。胸が苦しくて、仕方ない。


翌日。

「フェリクス様！　……とレイラさん。何で二人が一緒なの？」

一行が避難していたという騎士団詰所の客間に、生徒たちはいた。

フェリクス殿下も滞在していたが、夜に抜け出し、ハロルド様やノエル様が大騒ぎしていたらしい。

「森を抜けるところでたまたま会ったんだ。ほら、彼女の従者もいるだろう？」

「遭難した時点で従者を呼んでおりましたので、特に不便はありませんでした」

口から出任せ。ルナを出しにして怪しさを払拭。

たまたまそこで会ったとか怪しすぎるなあ、と思わないでもないけど。

そこでたまたま会ったという嘘がバレても、ルナという第三者がいることで、年頃の王子と伯爵令嬢が二人きりという問題を回避するつもりだった。

けれど、フェリクス殿下があまりにも堂々としているので逆に誰も怪しまなかった。

ルナは医務室にいたこともあるので、皆も見覚えがあったのだろう。

よく合流出来たなあという感想がチラホラあったくらいで、怪しまれることもなかった。

「私はご主人の魔力を覚えているから、そのくらいは朝飯前だ」

なぜかドヤ顔のルナ。

「てっきり二人が一緒だったのだと……」

リーリエ様の一言に答えたのは当事者であるフェリクス殿下だ。

「一人で遭難していた女性を助けるという騎士のような振る舞いが出来ていたら、物語のようでロマンチックなのだろうけど、あいにく彼女は一人ではなかったようだからね」

いけしゃあしゃあと彼は何の躊躇いもなく嘘を吐く。胡散臭さもなく、いっそ晴れやかなアルカイックスマイル。

この人、心臓に毛でも生えているのかしら。

「じゃあ、レイラさんはそちらの方と二人きりだったの？」

「……」

確かにルナの見た目は男性だ。

とりあえず笑顔で返しておく。令嬢が異性と二人きりというのを強調するのは止めて欲しいと思っていたら、ルナがのんびりとかったるそうに言った。

「私のことは気にするな。適当な置物とでも思っていてくれ」

ルナの態度に、周りは何とも思わなかったらしい。

医務室に時折現れる無愛想な使用人というのが浸透しているようだ。

もし問題が起こるなら、ルナに女装させてみようかなとか思ったけど、杞憂みたい。

ルナは人間の姿だと綺麗だし、たぶん女装させても美人なのだろうなあ。

私の邪な考えを察知したのか、ルナはその場で身震いすると首を傾げていた。

「レイラさん、私戦わなくても大丈夫だったよ！」

「そうですね。人によって戦い方があるんだと思いました。それが貴女の戦い方なんですね」

護身術くらいは身に付けていた方が良いだろうとか、それなりに戦えた方がもしもの時に備えられるだろうとか、精霊の浄化を信頼し切るのもどうだろうとか、色々と言いたいことはあるけれど、その全てを飲み込んだ。それは私の考え方だから、押し付けることになってしまう。

リーリエ様が求めている答えは、きっとそれじゃない。自分の口から出る空虚な言葉に気味悪さを感じるけれど、人によって戦い方が違うのは本当のことだ。

「ありがとう、認めてくれて。私、本当は嫌われているのではないかと思っていたの」

「まさか！　あの時はただ心配して余計なことを言ってしまったんです、私が」

この場の空気が何やら感動的な雰囲気に包まれているのが、少し謎だ。

フェリクス殿下やノエル様の微妙な顔や、ユーリ殿下やハロルド様の興味なさそうにしている顔が逆に印象的だった。

ちなみに、採集に参加した一年生は学園へと帰還した後、休講扱いとなることに決まった。まだ魔術の腕も未熟な者が大半の一年生。この度のことが繰り返されないように、急遽会議を行うとか。

この場にいる大多数は学園寮で暮らしているけど、フェリクス殿下やユーリ殿下、ハロルド様は普段は王城へと帰っている。

この地域の支部の騎士団詰所は王城から距離があり、遠回りになるため、今回は殿下たちも共に学園に戻ることになった。

騎士団詰所から出発するのは、昼頃になった。

その直前の合間時間、騎士団の医務室でなんとなく手伝いをしていた私のところに、フェリクス殿下が来訪した。

「昨日の今日で熱心だね。なぜレイラがここで働いてるの？　疲れているだろうに」

まさかここまで出向かれるとは微塵も思っていなかった私は、ビクリと全身を震わせた。

殿下。

皆のいるところでは誤魔化していたけれど、昨日から私はおかしい。

フェリクス殿下のお顔を正面から見ることが出来ないのだ。

顔を合わせてその微笑みを目にするだけで、身体中の血液がじわじわと沸騰しているのではないかと思うほど熱くなり、心臓は早鐘を打つように高鳴る。それも、少し苦しいくらいに。

それに目がおかしくなったのか、殿下の姿がこれ以上ないほどに魅力的に見えてしまう。

自分の身に何が起こっているのか分からないほど、鈍感なつもりはない。

目を合わせるだけでも精一杯で、実は今日初めて目を合わせるような気がする。

くるりと振り返り、殿下の首元辺りをぼんやり眺めるようにしながら、笑みを浮かべる。

頭の中では、音声魔術の詠唱歌を唱えて気を逸らせつつ。

「騎士団の医務室なんて普段見ることが出来ませんから」

私がここにいる真っ当な理由なのだが、半分は違っていた。

いかにして、この方と顔を合わせずに済むのか、それぱかり考えていた。

「野宿をしたから風邪を引いていないか心配だったんだ。テントは貴女が持っていたけど」

簡易テントは持ち歩いていて、完全に外で寝ることはしなかった。

殿下にテントで寝るようにと勧めたのだが、お互いに譲り合う羽目になり、結局の妥協案として、テントの中で殿下と私とルナの三人で川の字で寝るということになった。

もちろん、ルナが真ん中で。

なんだか色々と疲れてしまったようで、今、ルナは別室で人型のまま爆睡している。

と言っても、精霊の魔法を駆使しているらしく、呼べばすぐに来るらしいけれど。

「いえ……。こちらこそ、申し訳ありませんでした。殿下にあんな窮屈な……」

「何を言ってるの。私は助かったし、むしろレイラが外で寝なくて良かったよ。まあ、寝不足みたいで、目の下にクマが出来ているけど」

「……！」

自然に目の下を優しく撫でられて、全身が触覚にでもなったみたいだった。

あからさまに意識している姿を見せるわけにはいかなくて、それを抑え込み、内心パニックに陥りつつも、必死に医務室の助手らしい笑みを貼り付けた。

「私はこれでも医療に携わる人間ですから。自分自身に無理をさせたりはしていませんよ」

どうしよう。今、触れられたところが変な感じ。少し触れられただけなのに、感触がずっと残っている……。

　昨日から私はおかしい。

　フェリクス殿下が助けに来てくれたと知った時、とても嬉しくて。

　胸の奥まで暖かな何かが流れ込んできて、それで心臓の鼓動が鳴り止まなくなって、甘い痛みに苛まれて苦しくて仕方なくて……。

　私はどうやら昨日の出来事で完全に落ちたらしい。なんてチョロいんだ……。

「その言葉信じて良いの？　レイラは、しっかりしている人だけど、昨日みたいな無茶をされると心配になる」

「問題ありませんよ、殿下。ほら、特に何事もなく帰って来られたではありませんか」

「うーん。少し信用出来ない……。昨日は有耶無耶になったけど、今回かなり無茶してたから、本当は色々と言いたかったんだよ。……助けられた手前、どうかとは思ったけど」

「善処致します」

　かなり心配してくれている。

　わざわざ私を探しに来てくれたという事実が、今もまだ夢のような心地だ。

　優しい言葉をかけてくれるだけで、うっとりと頬を染めそうになってしまう自分に困惑しつつも、私は絶望した。

　だってそれって、まずいよね⁉

　仮にも医務室の人間で生徒のサポートをする立場にある人間が、生徒で、しかも王太子という立場にある方に邪な想いを抱いているって、それまずくない？

立場的にまずい。非常に。

いつも医務室に来てくださっていたけど、今まではそういう感情がなかったから良かったとして……、これからはダメだ。想いを自覚してしまったのだから。

職権乱用して、医務室を逢い引きの場として私的に利用していることになってしまう！

それは非常にまずい。ヤバい。ダメだ。絶対に！

問題しかなさすぎて、語彙力が崩壊する。

私は常識的な人間でいたいのだ。

男の人と恋愛をするとかしないとか、殿下は攻略対象なのだとか、自分は最低な人間だからその資格がないだとか、そういうのは瑣末なことに思えるくらいには、問題である。

というか、生徒……それもフェリクス殿下を相手に恋愛感情を抱いてしまって、それを許容した瞬間、私は職業婦人として失格である。

仕事として任されているのに、恋愛にうつつを抜かすなど信じられないし、そんなことをしたら婚活をしに来たみたいではないか！

ない！　ないわ！

よって、私はフェリクス殿下を相手に恋する乙女みたいな薄ら寒い反応を抑えつつ、時折青ざめているという器用な反応を見せていた。

訳の分からない態度のせいで、どうやら私の想いが激的に変化したことは悟られていない。

まだ。

問題は、これからどうするべきなのかということだ。

患者と医者の関係……。

私は頭を抱えたくなるのを堪えながら、キラキラした殿下の首辺りに目線を置いて、全体をぼんやりと眺めつつ、自然に見えるよう心がけて会話をしていた。

前途多難すぎる。

「彼女は、今日もここには来ていない、か」

『月の女神』を思い出しながら、ぽつりと私は呟いた。

深夜、月の女神と出会ったこの場所。

私はある夜中に王城を抜け出して、いつかのように『精霊の湖』の畔(ほとり)の草むらの上で寝転がり、夜空を見上げていた。

魔獣に襲われたりと、ここ最近は色々なことがあったせいで、少し疲れているみたいだ。

月に照らされた湖がキラキラと光る幻想的な空間。

空を見上げて、月が摑めそうな錯覚を覚えてしまう。

精霊が束の間の休息を取ることもあるらしいこの湖に、邪悪な人間は近付くことが出来ない。

それどころか普通の人間もまず立ち寄ることは出来ず、私にとっては昔から都合の良い場所だった。

暗殺もされない。襲われることもなければ、計略に巻き込まれることもないし、悪意に晒されることもない、そんな安息の地。

『精霊の湖』と勝手に呼んでいるこの湖は、考え事をするには最適の場所だった。

抜け出すこと自体、立場的にありえない行為ではあったが、私にとっては、ここが一番安全で、城にいる時よりも安らぐほどだった。

考えるのはここ最近の出来事。多くの者が知らない、王族である私の仕事について。

悪意を持って魔術を利用しようとする研究者や狂信者、凶悪犯罪の温床である魔術組織の暗躍。潰しては、発足し、潰しては、復活しの繰り返し。

王立騎士団と魔導騎士団の連携。貴族の中にいる愉快犯への対応。つまりは、詐欺、汚職などの汚い悪性貴族たちを虱潰し（しらみつぶし）にしていくだけのお仕事。

まあ、この辺りは良い。いまさらだ。

王族としての執務は学園に通いながらもこなしていたし、昔から教育の傍らに何かをするなんて慣れていたけれど。

「はぁ……、余計な手間が……」

思わず舌打ちをしてしまい、自分らしくないなと反省する。

ただでさえ忙しいのに、さらに執務が増えたのは一人の少女のせいだ。

光の魔力の持ち主、リーリエ＝ジュエルム。

魔術師たちの均衡も、光の魔力の持ち主の登場により揺らぎ始めた。

つまりは、それらの秤のバランスを調整し、魔術師同士の睨み合いを継続させ、互いに牽制させる必要があった。

「ああ。光属性は厄介だな……。治癒魔法の特化と言っても良いくらいだからな……」

治癒魔法なんて、扱いを間違えると厄介を通り越して災害になることもあるくらいなのだ。

光の魔術なんて聞こえは良いけれど、私にとっては厄介の種だ。

リーリエを王家陣営へと引き込もうという画策のせいで彼女と急接近する羽目になり、それも不本意だというのに、当の彼女は光の魔術を乱用するのだ。

正直言えば、大人しくしてもらいたい。

光属性に興味を持った魔術師界隈をさらに刺激させて、新しい能力の奪い合いのようになりそうなのだ。

それを上手く抑え込むために、書類書類書類書類書類。魔術師たちや魔導騎士たちに、ほんの少し甘い汁を吸わせてやって、宥めすかしたり。

手回しばかりしているせいで、そろそろ疲れてきた。管轄外の仕事が多すぎる。

と言っても、父上や宰相たちの方が苦労されている、か。

その父が下してきた命のせいで頭を悩まされている現在。

私が学園に通う際に、父である国王陛下からの命は一つだった。

光の魔力の持ち主を懐柔せよ。

気を付けてやってくれ、という言葉はその言葉通りの優しい意味合いではなくて。

リーリエをとにかくこちら側に引き込めというお達しなのだ。

だが、とにかくリーリエは自由すぎた。

庶民に近い感性なのか、どうも貴族の中に馴染めていない節があり、周りからも遠巻きにされているし、その辺りの折衝も頭痛がしてしまう。

彼女に貴族らしさを無理やり求めるのが間違いなのかもしれない。

押し付けられても納得出来なければ意味がない。

ちょうど学園入学前夜も、父からの命や諸々の状況に嫌気が差してここに来たのだ。

まさか、ここで私以外の人に会うとは思わなかったな、と私は少し前の光景を思い出した。

私と同じ年頃の美しい少女は、大きな黒狼を連れて、その輝くような肢体を晒していた。

月の光に白い肌が照らされ、彼女の銀髪が肩から流れるのは見事な様で。

幻想的な光景の中、私は初めて恋を知った。

物事に執着などしたことがなかったのに、あの少女を欲しいと願った自分。

——あの狼は精霊で、彼女は人間で。

それは一目瞭然だったけれど、私にとって、彼女は今でも女神だ。

今も、疲れた時にはこの場所で寛(くつろ)いでいるが、あれ以来、彼女の姿を見ることはなかった。

「はぁ……」

溜息は幸せを逃がすとか言うが、それが本当だったら嫌だな……。

一目惚れの相手である月の女神に対するこの想いは、きっと本物の恋なのだろう。

目の奥に残っている鮮明な記憶がそれを証明している。

もう一度、会いたいな。

ここでこうしているうちに再会出来たら良いのに。期待していないと言えば、嘘になる。

それと同時に。脳裏には、医務室にいる彼女の姿も焼き付いている。

どこか様子がおかしかったような気がする。

実習が終わった後、レイラとの関係はまたおかしくなったというか、彼女にはさらに警戒されたらしく以前よりも一線を引かれているということだけは分かる。

本人が平気だと言っていたのに、迎えに行ったりしたのは、厚かましかったかもしれない。

つまりレイラは私の行動にドン引きしているのだ。

森の中に一人取り残され、野宿する羽目になった彼女を置いておくことなんて出来なくて、感情の赴くままに行動した。

それを今でも間違いだとは思っていない。少なくとも私は。

見つけた時、感極まって抱き締めたり、彼女の従者に噛み付いたりとか、やっていることが意味不明すぎたのかもしれないな。

その結果、ドン引きされたのだ。

レイラの表面上は変わらなくとも、距離が遠のいたことだけは分かる。

私はレイラから目を離すことが出来なかったから、ずっと見ていた。

「あああ……不誠実すぎるだろう」

情けなく唸り声を上げながら呟いた。

ようするに私は、自らの二心に悩んでいた。

一目惚れして今も忘れられない相手がいるというのに、レイラに対しても感情が乱されてしまっているなんて。

しかも、これは友愛とは違う。どう考えても。

つまり今夜は、考えることが多すぎて、この場所に現実逃避しに来ているようなものなのだ。

執務、学園生活。リーリエ＝ジュエルムのこと。初恋の女神に、レイラ。

そして時折、頭の中でハロルドが鍛錬に誘ってくる。

そんな状況でも、毎日は皆平等にやってくる。

複雑な心境のまま、日々、役目を全うするのだ。

……頭の中がこんなに混沌としていたとしても、それを周囲に気取らせてはならない。


次の日、教室で、明るく軽やかな声に話しかけられた。

「フェリクス様。今日は皆、忙しいようだから二人きりだね！」

「二人きり、そうか。そうだね」

——最悪だ。

王太子と一人の令嬢が二人きりという状況。

ただでさえ目立つリーリエと二人だと、あらぬ誤解を受けるのは必至。

医務室でレイラと二人でいる時などは、隣室に彼女の叔父がいつも研究していることに加え、誰かしらが体調不良で寝ていたり、最近ではルナという従者も顔を出しているため、本当に二人きりになることなどほとんどない。

だが、リーリエを一人相手にしていると、周りから人が引いていくのはなぜなのだ。

他の者も含めて五人でいる時も避けられ気味な気がする。

私たちだけ孤立するのは遠慮したいのだが。

「ハロルドは？」

「さっき、ここに用事で来ていた騎士様相手に手合わせを挑んでたよ？」

脳筋だ……。いつものハロルド。安定のハロルドだったけれど、なぜ今なんだ。

「他の皆は？」

「ユーリ様はね、先生に用事って言ってたよ。ノエル君は……」

「また怪しい実験でもしてるんだろう」

ノエルの場合は命令しないと、来ない。

「もう。ノエル君、お昼ご飯もきっと適当にしているだろうから、心配だよ。一人でご飯、寂しくないのかな？」

ノエルのことだから、全く気にしていないだろうな。

「リーリエ嬢。最近、調子はどう？　困っていることはないか？」

貴族の中に溶け込んで、それなりに友人を作ってくれたら言うことないのだが。

リーリエは今のこの発言に、感極まったらしく、目をうるうるとさせて上目遣いで見上げるとニッコリと笑った。

「ありがとう！　フェリクス様！　どうしていつも私の心配してくれるの？」

「突然、貴族になったのだから苦労が多いだろうと思って。そろそろ周りには慣れてきた？」

女性の友人が作れていれば良いのだが。

友達出来た？　なんてあからさまに聞けないので遠回しに人間関係について尋ねてみた。

きょとんと瞬きしたリーリエは、目を伏せてこう言った。

「私、どうも女子生徒のネチネチした会話についていけなくて」

「……」

貴族社会自体、ネチネチしているよ……とは口に出来なかった。

「お茶会に誘われたこともあるんだけど、私たち勉強が本分でしょ？　遊ぶわけにはいかないと思ってたの。だけど、皆お茶会ばっかりしてるのね」

「断っちゃったの？　ちなみにどこの家のお茶会？」

「え？」

お茶会の主催者を聞いてみると、伯爵家だということが判明し、本格的に崩れ落ちたくなった。

男爵令嬢が伯爵令嬢の誘いを断った。

事の重大さを分かっていないリーリエ。

私もリーリエに教えることは教えたつもりだったが、まさかお茶会を断るとは思ってもみなかった。さすがに。

「そうか……。断っちゃったか……」

早速やらかしたせいで、どうやらそれ以来お茶会の誘いやパーティの誘いはないようだ。

貴族同士の交流を舐めてかかると、身を滅ぼしかねないというのに。

本気でどうしようかと思っている中、中庭から見える通路で、ファイルを抱えたレイラが女子生徒たちに引き留められているのを発見した。

仲の良さそうな彼らを見ていたリーリエは呟いた。

「あのネチネチした女子の中でも平気そうなんて、レイラさんすごいなあ」

女子生徒たちが去って行ったのを見届けると、レイラがふと顔を上げて、目が合った。

「レイラさんだ！　おーい！」

無邪気に手を振るリーリエと、その隣の私を見て、彼女は穏やかに微笑んで、控えめに礼をして去っていった。こちらに来ることはなかった。

――もしや、気を遣われた？

レイラは、私が誰といようともあまり気にしていないのか、すぐに去ってしまった。

穏やかな彼女の笑みが心に刺さる。

レイラとは婚約者でもないのだし、当たり前の反応なのだが、なんだろう。この気持ちは。

それを寂しいと思う自分がおかしいと思いつつも、現実を思い知らされた気がした。

確信した。自分は、彼女のことを想っているのだ。

最低な男決定だな。好きな人が二人いて？　その癖に別の女子と二人きり？　どこからどう見ても不誠実じゃないか。

リーリエとのことは事情があるとはいえ、微妙な気分になった。

そして最低なことは承知のうえで、私がレイラにまた声をかけてしまうだろうことも、なんとなく予想出来る。

――もはや、どうしようもないな。私は。

自らを嗤う。

「もしかして、私たちに気を遣ってくれたのかな？」

「どうなんだろうね」

声は投げやりになってしまった。

とりあえず、私がまずすることは、リーリエに貴族社会の基礎をこれまで以上に叩き込むことだ。

お茶会や夜会、舞踏会は遊びではないと伝えなければ。

もし、困った時は他の仲間に助けを求めよう。

私の中で行動指針は決まった。

初めての恋バナ

精霊の湖にいた彼女を目にしたとたん、体中に電流が走ったようだった。こんな感情は初めてで、この感情が何なのか一瞬分からなかった。

「ノエルは初恋ってしたことある？」

「……」

反応がない。まるで置物のようだ。

私の友人であるノエル＝フレイは根っからの研究者気質だ。その日も貸し出されている王立研究所の一角で魔法薬を調合していた。趣味の研究だそうだ。

「特に返事は求めてないんだ。聞いてくれればそれで良いから」

「……魔力でゴリ押ししたら負けな気がする……。どうせするなら最小限の魔力で風の成分を希釈して――……錬金術に頼りすぎても……」

などとブツブツ言いながらも、ノエルはチラリとこちらを一瞥した。これは「聞いてるぞ」という合図だ。

王太子に対する態度としては不遜だが、ノエルの場合、そのような瑣末事（さまつじ）に関わっていたら交流など出来ない。

「今まで好意を告げられたことはあったけど、彼女らもこのようなフワフワとした不確かな感情だったのだろうか」

誰かに自分から触れたいと思ったのは初めてだった。欲しいと思ったことなどないから。

「――あー……ユーリ殿下に聞けば良いんじゃないのか、僕はよく知らんが」

明らかな生返事だが、一応話は聞いてるらしい。

「ユーリに言ったら大騒ぎになるから面倒だ。あとハロルドに言ってもどうせ『修行して逞しくなれば解決』っていう結論になるだろうし、こっちもこっちで面倒そうだ」

消去法でノエルになった。研究以外に興味ないので人選としては少々――いや、だいぶ間違っているような気もするが、少なくとも他よりマシだ。

程良く興味がなさそうなのも、こちらとしては話しやすいし、ちょうど良いと思った。

私と仲良くしたいと近寄ってくるものは多いけれど、心の内を話せるような人間はあまりいない。

「月の女神に会ったんだ」

「あー……めがみ、ああ、女神」

「月の光に照らされていて、神秘的で。まるでこの世の者とは思えないくらいの美貌の持ち主だった。声も透き通っていて、確かにそこにいるはずなのに、どこか儚げで。触れたら消えてしまいそうなのに、触れたいと思った」

そう思ったのは、本当に今日が初めてだったのだ。この感情が特別でないのなら、何が特別なのだろう。

「……触れて消えるなら触らない方が良いだろ」

「そうだね。だから私はそのまま彼女を逃がしてしまった。運命の出会いだと思ったのは私だけで、彼女の方は何とも思ってないだろう」

「…………うんめいのであい？　なら出会えるんじゃないか？」

一応、会話は成立しているが、右から左へと聞き流されているような気もする。まあ、聞いてくれるだけでありがたい。

「ノエルは好きな人に振り向いてもらうなら、どうする？　何をする？」

「……良質な素材を贈るとかか？」

フラスコの中に何かえげつない見た目をした毛虫をそのまま投入しながらノエルはそんなことを言った。

それを喜ぶのは一部の人間だけでは？

「素材って何？」

「……毛虫の毛だけくれても良い。僕ならそうする」

それは今、ノエルが欲しいものな気がする。

「毛虫の毛は欲しいが、肉はいらない場合があってな。水分はいらん」

「それならいっそのこと蒸発させれば良いんじゃない？　有効成分を分析して、それだけに保護魔術をかけるんだよ。慣れたら手作業より早いだろう」

「ああ、それは良いな。採用」

なぜ、私は毛虫の話をしているのだろう。嬉々として作業を始めたノエルを見ながら、適当に棚から学術雑誌を開く。

「彼女は服を着てなかったんだ」

「不審者か？」

「むしろ私が彼女の水浴び場所に侵入してしまった不審者な気がする」

「痴女だな」

「身も蓋もなくバッサリ切らないでくれないか？」

痴女なんかではない。

危うげな美しさを孕みつつもあどけなさを失っていない独特な美しさは、豪奢なドレスにも引けを取らなかった。

「お近付きになる時は、どのように声をかけようかな」

「なるようになるだろ」

「……それもそうだね」

しばらく沈黙した後、ノエルにお礼を言った。

「話を聞いてくれてありがとう。言語化することで見えてくるものがあったよ」

そう言うと、ここで初めてノエルが顔を上げた。

「殿下の役に立ったなら良かったけどな。一つ聞いて良いか？」

「ああ、もちろん。何でも聞いてくれ」

ノエルは首を傾げながら、こう問いかけてきた。

「お礼を言われておいてなんだが、僕は今まで何の話をしてたんだ？　記憶がない」

「……会話が多少なりとも成立していたことがすごいねとしか言いようがないな、これは」

ノエルが右から左に聞き流して、完全に生返事をしていたらしいことが確定した瞬間だった。

あとがき

はじめまして。花煉と申します。この度、初めて本を出版させていただくことになりました。この度は、たくさんの本の中から、この本をお手に取ってくださってありがとうございます。様々なご縁がありまして、こうして出版させていただくことになりました。初めての経験ばかりでドキドキしておりますが、このような貴重な経験をさせていただけることに感謝です。

実は、あとがきというものに緊張しています。これが噂のあとがき……！　本が出るんだなぁという実感が湧いてきます。

この文章を書いている頃、表紙イラストと挿絵を拝見させていただきました。イラストを描いてくださった東由宇さまの可愛らしくもカッコ良い素敵なキャラクターたちをお楽しみいただければと思います。データが届いた瞬間から、私もじっくりと堪能させていただきました。メガネキャラって、とんでもなく可愛いんですね!?　ここで自分が眼鏡萌えだということに気付きました。冒頭の湖でのシーンのレイラは神秘的ですし、一粒で二度美味しいです。これは王子も一目惚れしますね。個人的には戦闘シーンのレイラのイラストもカッコイイのでオススメです！

それからルナ！　もふもふで、ふっさふさしていて、これは確かに毛並みが良さそうです。こんなカッコ可愛い生き物がそばにいるって最高なのでは？　しかも人間バージョンのルナさんがイケメンすぎて、これはフェリクス殿下も誤解するよなぁ……と思いました。

そんなフェリクス殿下。「乙女ゲームに出てきそうな正統派王子様っぽい感じでお願いします！」というふわっとした要望しかしてなかったんですが、キャラデザインの段階で既に目の保養すぎて……！　本当にプロの方ってすごい……！


さて、こちらの物語は、『小説家になろう』で連載された作品で、ここまで長編を書いたのが初めてということもあって思い入れの強い作品です。こういう物語が読みたい！　なら書こう！　というところから始まりました。連載していたのはちょうどコロナ禍の頃だったかなと思いますが、当時は「ほぼ毎日投稿」を目指していて、毎日執筆漬けだった記憶があります。執筆！　投稿！　執筆のエンドレスです。当時の私は何を考えていたんでしょうね。何も考えてなかったんだと思います。ちなみに白状させていただきますと、あくまで「ほぼ毎日投稿」なので、最終的には毎日投稿出来てはいなかったことをここに告白します。

こんな風に作られていったこの物語はまだ続きますが、引き続き彼らの日常を見守っていただければ幸いです。

最後に、ご挨拶を。右も左も分からない私を支えてくださった出版社の皆さま、素敵なイラストを描いてくださった東由宇さま、連載時から読んでくださった皆さま、そしてこの本をお手に取ってくださった皆さま、この作品に関わってくださった皆さま、この度は本当にありがとうございました。

また次もお会い出来ると嬉しいです。

東由宇先生による

美麗コミカライズ化

コミックシーモアで

先行配信中！

レイラ
たちの活躍を
マンガでも
楽しめる!

棄てられた元聖女が幸せになるまで
～呪われた元天才魔術師様との同居生活は甘甘すぎて身が持ちません!!～
1

著者:櫻田りん　イラスト:ジン.

天才イケメン魔術師に
溺愛される不遇な聖女!?

9月
発売予定
!!!!

悪役令嬢……？
それ、素敵ですわ！

前略母上様 わたくしこの度異世界転生
いたしまして、悪役令嬢になりました
1

著者:沙夜　イラスト:ムネヤマヨシミ

既刊大好評
発売中!

魔力のないオタク令嬢は、次期公爵様の一途な溺愛に翻弄される

著者:糸加　イラスト:鳥飼やすゆき

プティルブックス

悪役令嬢は嫌なので、医務室助手になりました。1

2023年8月28日　第1刷発行

著　者　花煉　©KAREN 2023
編集協力　プロダクションベイジュ
発行人　鈴木幸辰
発行所　株式会社ハーパーコリンズ・ジャパン
東京都千代田区大手町 1-5-1
03-6269-2883（営業部）
0570-008091　（読者サービス係）
印刷・製本　中央精版印刷株式会社

Printed in Japan K.K.HarperCollins Japan 2023
ISBN978-4-596-52262-7

※この作品はフィクションであり、実在の人物・団体・事件等とは関係ありません。

※本作はWeb上で発表された小説『悪役令嬢は嫌なので、医務室助手になりました。』に、加筆・修正を加え改題したものです。